外国文学名著丛书

〔俄〕莱蒙托夫／著

莱蒙托夫诗选

余 振 顾蕴璞／译

"外国文学名著丛书"编委会

М. Ю. ЛЕРМОНТОВ. СОБРАНИЕ СОЧИНЕНИЙ В ЧЕТЫРЕХ ТОМАХ.
МОСКВА, ХУДОЖЕСТВЕННАЯ ЛИТЕРАТУРА, 1975-1976.

图书在版编目（CIP）数据

莱蒙托夫诗选／（俄罗斯）莱蒙托夫著；余振，顾蕴璞译.—北京：人民文学出版社，2021（2022.2 重印）
（外国文学名著丛书）
ISBN 978-7-02-016618-3

Ⅰ. ①莱… Ⅱ. ①莱…②余… ③顾… Ⅲ. ①诗集—俄罗斯—近代 Ⅳ. ①I512.24

中国版本图书馆 CIP 数据核字（2020）第 171355 号

责任编辑	柏　英
装帧设计	刘　静
责任印制	王重艺

出版发行	人民文学出版社
社　　址	北京市朝内大街 166 号
邮政编码	100705
印　　刷	北京盛通印刷股份有限公司
经　　销	全国新华书店等
字　　数	139 千字
开　　本	850 毫米×1168 毫米　1/32
印　　张	11.625　插页 3
印　　数	4001—7000
版　　次	2021 年 7 月北京第 1 版
印　　次	2022 年 2 月第 2 次印刷
书　　号	978-7-02-016618-3
定　　价	52.00 元

如有印装质量问题，请与本社图书销售中心调换。电话：010-65233595

莱蒙托夫

出版说明

 人民文学出版社自一九五一年成立起,就承担起向中国读者介绍优秀外国文学作品的重任。一九五八年,中宣部指示中国科学院文学研究所筹组编委会,组织朱光潜、冯至、戈宝权、叶水夫等三十余位外国文学权威专家,编选三套丛书——"马克思主义文艺理论丛书""外国古典文艺理论丛书""外国古典文学名著丛书"。

 人民文学出版社与中国科学院文学研究所,根据"一流的原著、一流的译本、一流的译者"的原则进行翻译和出版工作。一九六四年,中国社会科学院外国文学研究所成立,是中国外国文学的最高研究机构。一九七八年,"外国古典文学名著丛书"更名为"外国文学名著丛书",至二〇〇〇年完成。这是新中国第一套系统介绍外国文学作品的大型丛书,是外国文学名著翻译的奠基性工程,其作品之多、质量之精、跨度之大,至今仍是中国外国文学出版史上之最,体现了中国外国文学研究界、翻译界和出版界的最高水平。

 历经半个多世纪,"外国文学名著丛书"在中国读者中依然以系统性、权威性与普及性著称,但由于时代久远,许多图书在市场上已难见踪影,甚至成为收藏对象,稀缺品种更是一书难求。在中国读者阅读力持续增强的二十一世纪,在世界文明交流互鉴空前频繁的新时代,为满足人民日益增长的美好生活的需要,人民文学出版社决定再度与中国社会科学院外国文学研究所合作,以"网罗经典,格高意远,本色传承"为出发点,优中选优,推陈出新,出版新版"外国文学名著丛书"。

值此新版"外国文学名著丛书"面世之际,人民文学出版社与中国社会科学院外国文学研究所谨向为本丛书做出卓越贡献的翻译家们和热爱外国文学名著的广大读者致以崇高敬意!

"外国文学名著丛书"编委会
二〇一九年三月

编委会名单

(以姓氏笔画为序)

1958—1966

卞之琳　戈宝权　叶水夫　包文棣　冯　至　田德望
朱光潜　孙家晋　孙绳武　陈占元　杨季康　杨周翰
杨宪益　李健吾　罗大冈　金克木　郑效洵　季羡林
闻家驷　钱学熙　钱锺书　楼适夷　蒯斯曛　蔡　仪

1978—2001

卞之琳　巴　金　戈宝权　叶水夫　包文棣　卢永福
冯　至　田德望　叶麟鎏　朱光潜　朱　虹　孙家晋
孙绳武　陈占元　张　羽　陈冰夷　杨季康　杨周翰
杨宪益　李健吾　陈　燊　罗大冈　金克木　郑效洵
季羡林　姚　见　骆兆添　闻家驷　赵家璧　秦顺新
钱锺书　绿　原　蒋　路　董衡巽　楼适夷　蒯斯曛
蔡　仪

2019—

王焕生　刘文飞　任吉生　刘　建　许金龙　李永平
陈众议　肖丽媛　吴岳添　陆建德　赵白生　高　兴
秦顺新　聂震宁　臧永清

目 次

译本序 …………………………………………… *1*

抒 情 诗

诗　人 …………………………………………… *3*
致友人 …………………………………………… *5*
俄罗斯乐曲 ……………………………………… *7*
一个土耳其人的哀怨 …………………………… *9*
回　答 …………………………………………… *11*
独　白 …………………………………………… *12*
星 ………………………………………………… *14*
高加索 …………………………………………… *16*
斯坦司 …………………………………………… *18*
春　天 …………………………………………… *19*
孤　独 …………………………………………… *20*
奥西昂的坟墓 …………………………………… *22*
预　言 …………………………………………… *23*
致*** …………………………………………… *25*
乞　丐 …………………………………………… *27*

1

七月三十日——	29
波浪和人	31
情　歌	32
悬崖上的十字架	34
人间与天堂	35
我的恶魔	37
一八三一年六月十一日	40
心　愿	55
希　望	57
魔王的宴席	59
人生的酒杯	63
自　由	64
"你是美丽的,我的祖国的田野"	66
天　使	68
绝　句	70
译安得列·舍尼埃诗	72
"我们父子俩的可怕的命运啊"	74
告　别	76
墓志铭	78
"不,我不是拜伦,是另一个"	80
情　歌	81
"我想要生活！我想要悲哀"	83
十四行诗	84
致＊＊＊	86
两个巨人	88
小　舟	90

"请接受这封奇异的书信"	91
"人生有何意义！……平平淡淡"	93
"为什么我不曾生而为"	96
帆	98
苇 笛	99
美人鱼	102
短 歌	105
"我受尽忧思与疾病的折磨"	108
垂死的角斗士	110
波罗金诺	113
诗人之死	118
一根巴勒斯坦的树枝	122
囚 徒	125
囚 邻	127
"每逢黄澄澄的田野泛起麦浪"	129
祈 祷	131
"我们分离了，但你的肖像"	133
"我不愿意让世人知晓"	134
"我急急匆匆打从遥远的"	136
短 剑	139
"每当我听到了你的"	141
"她一歌唱——歌声消融了"	142
沉 思	143
诗 人	146
哥萨克摇篮歌	149
"我要用这篇迟献的诗章"	152

3

莫要相信自己	*154*
三棵棕榈	*157*
捷列克河的礼物	*161*
纪念奥多耶夫斯基	*165*
"有些话——它的含义"	*169*
"我常常出现在花花绿绿的人中间"	*171*
"寂寞又忧愁,当痛苦袭上心头"	*174*
编辑、读者与作家	*175*
幻　船	*184*
女　邻	*188*
被囚的武士	*191*
因为什么	*193*
谢	*194*
译歌德诗	*195*
云	*196*
遗　言	*197*
申　辩	*199*
祖　国	*201*
死者之恋	*203*
"在荒凉的北国有一棵青松"	*206*
最后的新居	*207*
"别了,满目垢污的俄罗斯"	*211*
悬　崖	*212*
梦	*213*
"他们彼此相爱,那么长久,那么情深"	*215*
塔玛拉	*216*

叶	219
"我独自一人出门启程"	221
海上公主	223
"不,我如此热恋的并不是你"	226
先　知	228
"从那神秘而冷漠的半截面具下"	230
"我的孩子,你别哭,别哭"	232

长　诗

沙皇伊凡·瓦西里耶维奇、年轻的近卫侍从和骁勇的商人卡拉希尼科夫之歌	237
童　僧	260
恶　魔	293

译 本 序

十九世纪俄罗斯文坛为世界文学史写下了金光灿灿的一页,向全球文学宝库输送了一批杰出的作家。继普希金之后,第二个冲出国界的俄罗斯文学家就是诗人米哈伊尔·尤里耶维奇·莱蒙托夫。他以少有的勇气倾吐了人民反叛沙皇黑暗统治的心声,以罕见的天才继承与发展了普希金的文学传统,在诗歌、小说、戏剧等领域写出了无愧于时代的作品,以难得的文化遗产培育了一代又一代俄罗斯作家。莱蒙托夫不到二十七岁的短暂一生的成就告诉人们:他是俄罗斯的,也是世界的,他立足于民族的土壤,汲取了异域的营养,又通过用俄罗斯的民族魂铸成的文学精品向各国不停地反馈着艺术的信息。

莱蒙托夫于一八一四年十月十五日出生在莫斯科一个退休军官的家里,在出身名门的外祖母的贵族庄园里度过了童年。地主虐待农奴的行径,在诗人幼小的心里埋下了同情弱者的种子。父母的婚姻不幸导致母亲的早逝,母亲的亡故又结出父子在外祖母干预下生离死别的苦果。因此,莱蒙托夫从小就形成了孤僻的性格,养成了耽于幻想的癖好,他那颗童稚而叛逆的心早早地飞出了庄园的高墙。他挚爱大自然,亲近民间的生活,当来访的亲戚讲起农民起义和一八一二年卫国战争的故事时,他总是凝神倾听,心潮起伏。

一八二八年九月,莱蒙托夫入莫斯科大学附设的贵族寄宿中学读书。在这所培育过冯维辛、茹科夫斯基、格里鲍耶陀夫等著名作家的学校的文学氛围中,莱蒙托夫开始写诗。他的诗起初带有模仿拜伦和普希金的痕迹,但他很快就形成了自己的风格,显露出不凡的诗歌天才。

莱蒙托夫开始创作生涯之时,正值俄国历史上最暗无天日的年代。沙皇尼古拉一世残酷地镇压了十二月党人于一八二五年十二月十四日举行的起义,更强化了专制的统治。人民忍无可忍,纷纷被逼造反。莱蒙托夫的不少哀歌体抒情诗与人民的心态产生共鸣,或间接或直接地抨击沙皇,成为对失败的十二月党人义举的余声不绝于耳的反响。如他在《预言》(1830)一诗中这样唱道:

俄国的不祥之年必将到来,
那时沙皇的王冠定会落地;
百姓将忘却先前对他的爱戴,
众多人将用死亡和鲜血充饥。

一八三〇年秋,莱蒙托夫考入当时全国精神生活的中心——莫斯科大学。在赫尔岑、别林斯基等人的倡导下,莫斯科大学的学生们热烈讨论当代的政治、哲学和文学问题。在贵族寄宿中学和莫斯科大学学习期间,莱蒙托夫经历了一个创作高潮期,共写下三百余首抒情诗、十六首长诗和三个剧本。这是他创作上的磨练阶段,为而后几年、特别是他的成熟时期(1835—1841)的创作打下了坚实的基础。他的创作思想在他的抒情诗《一八三一年六月十一日》中已有系统的阐述。一八三二年,莱蒙托夫因参与反对反动教授的学潮而被勒令离开莫斯科大学,同年十一月,他考入彼得堡近卫军士官学校。孤独彷徨的心境一如从前,甚至更甚,一如《帆》中所说:

唉!它不是在寻找幸福,
也不想从幸福身边逃亡!

在士官学校枯燥的受训期间,他填补内心空虚的良法就是不间断地从事文学创作,甚至在被授予骑兵少尉的军衔后也不改初衷。

一八三七年一月一日,莱蒙托夫为普希金主编的《现代人》杂志投寄破天荒第一次由士兵充当抒情主人公的《波罗金诺》。诗中借一名参加过一八一二年卫国战争的老兵之口,挞伐当代青年生性懦弱、无所作为的可悲状态。质朴的感情,对历史真实的细节描绘,民间生动口语的大胆运用,标志着诗人在接近人民和向现实主义倾斜等方面前进了一大步。后来,列夫·托尔斯泰在创作巨著《战争与和平》时从这首《波罗金诺》中汲取了爱国激情和史诗气魄,并称它为《战争与和平》的核心。

一八三七年一月二十七日,伟大的俄罗斯近代文学奠基人普希金在沙皇尼古拉一世暗中支持的凶手的挑逗下参加决斗并惨遭杀害。这个晴天霹雳震怒了更震醒了莱蒙托夫。他勇敢地接过普希金手中争取自由的接力棒,写下了被高尔基誉为"俄国最有力量的诗歌中的一首"的《诗人之死》,以惊心的语言、铿锵的节奏喷吐出全民族痛失"俄罗斯诗歌的太阳"后火山般的悲愤之情,唱出了人民向"扼杀自由、天才、荣耀的刽子手"讨还血债的心声：

> 你们即使倾尽全身的污血，
> 也洗不净诗人正义的血痕！

莱蒙托夫因触怒沙皇而被放逐到与山民作战的高加索前线。在高加索，他结识了别林斯基和十二月党人，接近了人民，收集了传说和民歌，领略了奇异的景色。先后两次流放高加索的逆境，使他结出了累累的艺术硕果，使沙皇尼古拉一世的用意适得其反。

一八三八年，莱蒙托夫写下了名篇《沉思》。这首抒情诗集诗人早期的哀歌体诗歌之大成，切入灵魂深处，剖析了同时代人可气又可悲的心态。这首"用鲜血写成的"诗被别林斯基誉为"纲领性的诗"，对同代人及尔后历代思想界产生过深远的影响。

一八三八年十二月和一八三九年八月，使莱蒙托夫登上俄国浪漫主义诗歌顶峰的《童僧》和《恶魔》相继脱稿。这两部长诗都塑造了叛逆者的形象，都有深刻的现实意义：既歌颂他们的反抗精神，又暴露出他们的自我中心主义。《恶魔》更是高出《童僧》，标志了莱蒙托夫毕生二十七部叙事诗（包括未完成的）创作的最高成就。除《童僧》与《恶魔》外，《沙皇伊凡·瓦西里耶维奇、年轻的近卫侍从和骁勇的商人卡拉希尼科夫之歌》也占有极其重要的位置，它借伊凡雷帝之古讽尼古拉一世之今，一发表就受到评论界的重视。

一八四〇年五月，莱蒙托夫通过长篇小说《当代英雄》的创作，用诗的审美方式为内驱力，独辟非诗歌叙事的蹊径。此刻，作为普希金的忠实后继者的他已经走到了时间的前面，正如俄国经典作家冈察洛夫所断言,他站到了思想发展和欧洲及俄罗斯生活运动的最前沿,在思想深度、勇气和理想等方面超越了普希金。

一八四一年四月,莱蒙托夫在《祖国纪事》上发表抒情诗《祖国》,用一种"奇异的爱情"来爱人民的祖国。这是莱蒙托夫对人民怀有深情的思想发展的必然归宿——由早期作品中孤傲不驯、愤世嫉俗,到与同辈人休戚与共(如《沉思》),进而到歌颂人民(如《波罗金诺》)。

一八四一年七月十五日在高加索,莱蒙托夫落入沙皇政府的决斗圈套,与马尔蒂诺夫决斗并不幸身亡,结束了他抗争的短短一生。一八四二年四月二十三日,他的灵柩安葬于塔尔汗家墓。

莱蒙托夫不仅是普希金的后继者,而且是普希金与一切普希金后继者之间的纽带。虽然十九世纪的俄国限于生产力发展水平,远未充分暴露出现代社会使人异化的一切弊端,但莱蒙托夫凭自己天才的艺术嗅觉,已经开始在向西方工业社会开了门的俄国社会捕捉到使人异化的信息(如《"我常常出现在花花绿绿的人中间"》),从而被索洛维约夫等俄国白银时代批评家誉为俄国现代派的先驱。莱蒙托夫是俄经典作家和批评家一致公认的诗歌奇才,他下笔成诗,很少改动。除文学天赋外,他还具有惊人的音乐天才、绘画天才和语言天才(掌握多种外语)。莱蒙托夫的诗——尤其是抒情诗——是心意的图画,更是心灵的音乐。他诗中包含的音乐美与他在诗律上的创新分不开。据米·加斯帕洛夫在《莱蒙托夫百科全书》(1981)中的统计,以各种诗体、诗格而论,莱蒙托夫居同时代诗人之首,有41种(茹科夫斯基有31种,普希金有33

种);以诗节形式而论,莱蒙托夫有55种(茹科夫斯基有37种,普希金有29种)。莱蒙托夫大胆革新,兼收并蓄古典诗歌和民歌的精华,使音乐成为诗艺的灵魂,使诗成为心灵的音乐。

这部《莱蒙托夫诗选》从诗人全部四百四十三首抒情诗中精选了一百首,从诗人全部二十七首叙事诗中精选了最具代表性的三首,充分展现了莱蒙托夫在抒情诗上的独特风格以及在叙事诗上的重大建树。

莱蒙托夫的抒情诗有三个重要特征。

首先是哀伤,那是反叛的琴弦上的音符。莱蒙托夫是个悲剧诗人,无论从前程、家庭和恋爱来看都可以这样说。生活在"专横和黑暗的王国"(赫尔岑语),一般有志之士都感到"心头沉甸甸、思绪忧戚戚"(《独白》),莱蒙托夫这样罕见的天才怎能慨叹"他的力量常常为不时的哀怨所扼杀"(《一个土耳其人的哀怨》)?在那个"平庸就是人世的洪福"(《独白》)的尼古拉一世王朝,才华只意味着痛苦和不幸,对于莱蒙托夫这样不甘于岁月蹉跎的非凡天才更是如此。他这样一位渴望行动的巨大天才,被安排了沙皇禁卫军骑兵少尉的职务,不得不出没于上流社会尔虞我诈的交际场所,怎能不令他感到"寂寞又忧愁"?莱蒙托夫在早期诗作中带有个人伤感情调,随着对现实认识的加深,与同辈人忧戚与共的感受使他越来越深刻地在诗作中反映人与命运、理想与现实之间的悲剧性矛盾,哀而不伤便成为莱蒙托夫诗歌中贯彻始终的主导风格。从《一个土耳其人的哀怨》(1829)、《独白》(1929)到《沉思》(1838),诗人痛快淋漓地倾吐着同时代人在尼古拉一世的统治下的呻吟和哀号,使人读后不但哀其不幸和怒其不争,而且透过这一代人的可悲命运看清尼古拉王朝的可憎和预料中的可耻下场。

其次是自我,那是时代的聚光点。莱蒙托夫的创作,尤其是他早期的抒情诗创作,素以表现自我而独树一帜。与诗人形象接近的抒情主人公形象,主观性的诗对"纯艺术诗"(别林斯基语)的优势,成为其独特风格的要素。别林斯基认为,一般诗人内心因素比重过大会显出他"才能的狭隘",莱蒙托夫这样伟大的诗人则不然。"一位伟大的诗人讲到自己,讲到自己的我,也便是讲到普遍事物","每一个人都能够在他的哀愁中认出自己的哀愁,在他的灵魂中认出自己的灵魂"。别林斯基的精辟论述阐明了"我的"感情已不仅仅是个人的独特感情,而且是同时代先进贵族知识分子的典型感情。这种感情充分地洋溢在《沉思》中:

> 我悲哀地望着我们这一代人!
> 我们的前途不是暗淡就是缥缈,
> 对人生求索而又不解有如重担,
> 定将压得人在碌碌无为中衰老。

在这里,诗人的"自我"成了时代的聚光点,通过诗人的心灵之窗,我们仿佛听到他们整整一代人在尼古拉一世的黑暗统治下发出的呻吟和哀号。

最后是爱与憎,那是感情"指南针"上的两极。在上流社会不少人眼里,莱蒙托夫是个傲气十足、模样阴沉的人,是个只知恨不懂爱的人。这是不符合历史真实的。许多同时代人对他的印象是:和蔼可亲、充满年轻人的热情、忠于为数不多的朋友。莱蒙托夫在爱与憎的问题上始终既泾渭分明又宽严有度:对沙皇专制、上流社会是怀疑、嘲笑和痛恨,对朋友、人民、祖国则是信任、同情和挚爱。他对俄罗斯人民的诗人普希金爱之愈深,对摧残天才的尼古拉一世王朝便恨之愈切;他对波罗金诺战役中的老兵愈是敬仰,对同时代人中的懦夫便愈是鄙夷;他对以"鲜血"换取"光荣"的祖国愈持怀疑态度,对俄罗斯"不语的草原"(《纪念奥多耶夫斯基》)便愈怀眷恋之情,对俄罗斯"满目凄凉的村落"(《预言》)便愈陷入沉思。

叙事诗(或称长诗)是莱蒙托夫的基本体裁之一,了解他在这方面所取得的成就,对了解整个俄罗斯浪漫主义文学至关重要。莱蒙托夫一生创作了二十七部叙事诗(包括未完成的),但生前他仅仅发表了其中的四部,即1838年发表的《沙皇伊凡·瓦西里耶维奇、年轻的近卫侍从和骁勇的商人卡拉希尼科夫之歌》《坦波夫司库夫人》、1840年发表的《童僧》和1835年发表的《哈志·阿勃列克》(未经他本人同意)。诗人继承了俄国和欧洲的叙事诗传统,辛勤耕耘在十二月党人之后的浪漫主义园地里,硕果累累,仅1828—1836年这八年间就创作了近二十部叙事诗。他尝试过多种叙事诗的新形式——自由体叙事诗(如《朱利奥》《忏悔》《海上闯荡者》《童僧》)、戏剧性叙事诗(如《阿兹拉伊尔》)、讽刺性叙事诗(如《萨什卡》《坦波夫司库夫人》《为孩子写作的童话》)、诗体中篇小说(如《罪人》《最后一个自由之子》)、历史性叙事诗(如《沙皇伊凡·瓦西里耶维奇、年轻的近卫侍从和骁勇的商人卡拉希尼科夫之歌》《大贵族奥尔沙》《奥列格》)、神话传说叙事诗(如《恶魔》《阿兹莱厄》《死亡天使》)、异国情调叙事诗(如《海盗》《禁宫二女郎》)、高加索叙事诗(如《高加索的俘虏》《伊斯梅尔-贝》《杀手》《哈志·阿勃列克》《巴斯顿支山村》《契尔克斯人》)、戏谑性叙事诗(如《蒙戈》)。

莱蒙托夫特别喜欢深入内心世界。他的叙事诗主人公形形色色,大部分都有追求自由、反叛现存秩序的性格,如《恶魔》中的恶魔,《童僧》中的童僧,《海盗》中的海盗,《沙皇伊凡·瓦西里耶维奇、年轻的近卫侍从和骁勇的商人卡拉希尼科夫之歌》中的卡拉希尼科夫,《死亡天使》中的死亡天使和佐雷姆,《大贵族奥尔沙》中的阿尔谢尼,以及《伊斯梅尔-贝》《朱利奥》《阿兹莱厄》中的同名主人公,其中的集大成者首推《恶魔》中的恶魔,他最典型地集中了反叛精神与自我中心的双重性格。

莱蒙托夫往往从同一题材的抒情诗取材,通过想象扩写成叙事诗,既保留抒情主人公的自我剖析,又纳入叙事人的客观开示。就题材范围之广而论,莱蒙托夫的叙事诗已超越了前人。当然,莱蒙托夫在叙事诗的创作上也经历了从模仿到独创,并非这二十七部叙事诗都达到了同样的水准。有的仅为片段(如《两兄弟》),有的内容雷同(如《杀手》《巴斯顿支山村》《哈志·阿勒列克》),有的是攀登艺术顶峰过程中的积累(如《死亡天使》和《阿兹莱厄》之于《恶魔》)。换言之,我们可以清晰地看到莱蒙托夫的叙事诗从平庸之作(如《契尔克斯人》)到登峰之作(如《恶魔》《童僧》)的发展过程。

莱蒙托夫在抒情诗和叙事诗这两条"血管"中流的均是先驱普希金以创造美与和谐为历史重任的"血液",他自己的时代使命是揭露丑与不和谐,使普希金弘扬的民族心灵中一切美的东西不被玷污。普希金始终在反抗暴政的前提下歌颂自由,唤起人们对美好生活的憧憬;莱蒙托夫毕生在自由理念的驱使下反抗暴政,激起人们对丑恶现实的痛恨。

莱蒙托夫是俄罗斯民族的伟大诗人，是一架纵情歌唱自由的美妙竖琴。他是民族之魂，更是自由之子。鲁迅先生在《摩罗诗力说》中给予莱蒙托夫特殊的评价，就是因为看重他把自由置于沙皇俄国的国家利益之上的历史观，他的历史观反映在对待拿破仑、对待沙皇侵略扩张等一系列问题上。

莱蒙托夫的普世大爱、真心傲骨和他的天才作品一样，是全人类得以自我净化的恒久精神财富，将与宇宙共存亡！

顾蕴璞
二〇二〇年十月

抒 情 诗

诗　人[*]

（1828）

当着拉斐尔充满了灵感，
用生动的画笔即将画完
圣母马利亚神圣的容颜，
醉心于自己精美的艺术，
他猝然倒在圣像的面前！
但这奇异的激动很快地
在他那年轻的心中消散，
他困倦乏力，又沉默无言，
渐渐忘却了天国的火焰。

诗人也是这样的：当思想
刚刚放射出光芒，他立即
拿起笔倾吐出全部衷肠，
用琅琅琴声魅惑着人间，

---

* 这篇诗原文写在一八二八年十二月二十一日致堂舅母玛丽雅·阿季莫芙娜·沙恩-基列伊的信中，是莱蒙托夫最早的诗篇之一。"诗人"是莱蒙托夫一生中歌唱过多次的一个主题，到最后的诗篇《预言者》中这一主题得到更高的发展。

沉入天国之梦,在寂静中
歌唱您、您!他心灵的偶像!
而双颊的烈焰突然冷却,
内心的激荡也渐渐平息,
幻想也终于从面前消亡!
但是心里还长久、长久地
保留着那些最初的印象。

余 振译

致 友 人[*]

（1829）

我天生有颗火热的心，
喜欢和友人交往，
有时也爱开怀畅饮，
好快些消磨时光。

我不贪恋赫赫的名声，
爱情才暖我心灵；
竖琴发出的激越颤音，
也使我热血沸腾。

但往往当我欢笑之际，
心儿会痛苦、忧愁，
在狂饮尽兴的喧声里，

───────
[*] 在普希金(1799—1837)和十二月党人的直接影响下，莱蒙托夫在这篇抒情诗中已形成在尼古拉统治下的俄国人的悲剧命运这一基本主题。从此诗可以看出莱蒙托夫"怀疑、否定、痛恨的思想"（赫尔岑语）的初步流露。

忧思压在我心头。

顾蕴璞 译

俄罗斯乐曲[*]

（1829）

一

我在我心中创造出另一世界，
又创造出另一种形象的人物；
我拿细链把他们紧扎在一起，
我给了他们外形,但没给名目；
冬天可怕的风暴忽然响起——
缥缈的创造物化作空洞虚无！……

二

如同面对着闲散的人群
树荫下坐着朴实的歌手，
他随身带来巴拉莱卡琴，

---

[*] 这篇诗是诗人代替贵族寄宿中学同班同学德米特里·德米特里耶维奇·杜尔诺夫（1813—?）写作并献给老师谢苗·叶戈洛维奇·拉伊奇（1792—1855）的。杜尔诺夫是诗人的挚友，拉伊奇是"祖国语文爱好者学会"的指导者。诗中所讲的可能就是有关这个学会的文学活动。

他也是闲散人,随意弹奏!……

三

为了心爱的美貌的女郎——
他突然拨动洪亮的琴弦,
但琴弦的声音忽然中断,
开头虽已听到!——但也无用!——
谁也不能够把它来弹完!……

余　振译

一个土耳其人的哀怨[*]

——给国外友人的信

（1829）

你知道暑热的阳光下这个野蛮地方？
在那里丛林和草原开着惨淡的花朵，
在那里狡猾和任性给狠毒致送贿赂，
在那里人们的心为种种苦难所折磨，
　　　在那里有的时候也曾出现
如同铁石般冷静而坚强的才华。不过
他的力量常常为不时的哀怨所扼杀，
而早早熄灭他心中善良的平稳的火。
在那里人们的生活一开始就很痛苦，
在那里人们呻吟在奴役和锁链之下，
在那里紧跟欢乐常飞来意外的灾祸！……
　　　朋友！这地方……就是我的祖国！

---

[*] 十九世纪二十年代希腊人反抗土耳其的解放斗争开始后，土耳其成了专制国家的标本。借土耳其以暗示俄国的专制政体，成了当时文学中常见的主题。这里所写的是十二月党人起义失败后的黑暗的俄国。诗句中充满了革命的爱国主义的激情，很显然，反映了十二月党人的革命传统。就内容来说，这首诗同当时被人们广为抄传的普希金的《乡村》一诗呼应。

P.S.①唉！如果你能真正了解我，
请恕我这任性的暗示吧；
让虚伪把真实掩盖起来：
我们都是人！——有什么办法？……

余　振译

---

① P.S.，"postscript"的简写，意为"附言""附记"。

回 答
（1829）

谁要是曾经尝到过苦痛，
谁要是对爱情闭起眼睛，
那么由于风险以及希望
他的心不会第二次跳动。
他只爱孤独生活的黑暗，
他不再知道什么是眼泪，
空洞无谓的幻想的陶醉
永远地从他的面前敛迹。
他失掉感觉，像一个树桩，
闪电触到了它，它被烧尽，
消灭了——再没有生命之汁，
它也再不能够养育枯枝——
它身上留下命运的烙印。

余 振 译

独　白[*]

（1829）

相信吧，这里平庸就是人世的洪福。
何必要深奥的学问和对荣誉的追求，
何必要才华，又何必去酷爱自由，
既然我们无法将它们归自己享有。
我们北国的儿女，像这里的花木，
繁华几时，便就早早地凋零……
恰似灰暗天际那冬日的太阳，
我们的人生也是密布着阴云。
生命运行也如此单调而短暂……
在祖国我们仿佛感到窒息，
心头沉甸甸，思绪忧戚戚……
我们的青春为无谓的激情所煎熬，
没有甜蜜的爱情，也没温暖的友谊，
愤懑的毒药很快便使它暗淡无光，
我们心灰意冷的人生就像杯苦酒，

---

[*] 这篇诗中采用了由对话引发戏剧性独白的体裁，内心抒情与感时抒怀相交融，表现了莱蒙托夫对同时代人命运的沉思。高尔基说，这首诗倾吐了诗人"对事业的热望，有力量而无用武之地的人的苦闷"。

任凭什么也无法使我们心儿欢畅。

顾蕴璞 译

星[*]

（1830）

天边有一颗星，
总是金光灿灿，
时时刻刻都在
把我心魂召唤，
还在我的心中，
勾起遐思幻想，
从上倾泻欢乐，
注入我的心房。
她那脉脉秋波，
也如星光一般，
我竟爱那目光，
直把命运埋怨；
它对我的痛苦，
总是望而不见，
有如那一颗星，

---

* 这是诗人早期以"遥远的星"为题的三首抒情诗中写得最为完美的一首。其余两首为《辽远的星啊，你放点光明吧！》《欧罗巴小调》。

离我十分遥远；
我倦极的眼皮，
久久不能合上，
眼里望这目光，
心中感到失望。

顾蕴璞 译

高 加 索[*]

(1830)

南国的山峦啊,虽在朝霞般的年光,
命运就从你们身旁夺走了我,
但到此一游把你们永远地刻心头:
像爱一曲醉人的祖国的赞歌,
　　　我爱高加索。

在童年的时候我就失去了母亲,
但我恍惚听得,当艳艳夕阳西落,
那草原,总向我把铭心的声音[①]传播。
就为这,我爱那峭壁险峰,
　　　我爱高加索。

---

[*] 高加索的主题贯穿了莱蒙托夫整个创作生涯。高加索是莱蒙托夫"创作的摇篮"和"自由的象征",他从童年起直至逝世止一直与高加索有不解之缘:一八一八年、一八二〇年、一八二五年三次随外祖母到此地疗养,一八三七年、一八三九年两次被沙皇政府发配到此地,一八四一年在沙皇政府设置的决斗圈套中在此地遇害,并被埋葬在这个地方。此诗主要写对一八二五年高加索之游的回忆。

[①] 铭心的声音,指莱蒙托夫幼年萦回于耳际的母亲的歌声。

山谷啊,跟你们一起时我真幸福,
　　五年逝去了,你们总在我心窝,
　　在你们身边我见过美妙的秋波;①
　　想起那顾盼,心田便充满了春意:
　　　我爱高加索!……

顾蕴璞　译

---

① 诗人曾自称他在十岁时就情窦初开:在高加索矿泉认识并默默爱上了一个十岁的金发女孩。

斯 坦 司[*]

（1830）

我爱凝望我的姑娘，
当她羞得涨红了脸，
犹如那绯红的晚霞
在狂风和暴雨之前。

我爱谛听月夜林中，
她发出的一声长叹，
好像金弦琴的幽音
正在和那冷风絮谈。

然而更使我心醉的，
是她祷告时的泪珠，
宛似纯朴的海鲁文[①]
正仰望着上帝痛哭。

顾蕴璞 译

---

[*] 斯坦司是一种诗体，各诗节均为一个复合句。
[①] 海鲁文，又译司智天使，是九天使中的第二位。据《圣经》传说，作为"上帝使者"的天使负有服侍上帝、传达神旨、保佑义人等使命。

春　天[*]

（1830）

当那被春天击破的冰凌
在波涛汹涌的河上奔流，
当那田野中光裸的土地
远望去到处显得黑黝黝，
而夜色云雾似的降临到
微微地泛出青色的田畴，
这时阴郁的罪恶的幻想
给我稚弱的心带来哀愁。
我看见大自然变年轻了，
但变年轻的只有它能够；
时光将把宁静的面颊上
嫣红的烈焰都随身带走，
而痛苦的人对它的爱慕
往往是心中一星也不留。

余　振译

---

[*]　这是莱蒙托夫正式发表的第一篇诗，发表于《雅典娜》第四期，署名"L."。

孤 独[*]

(1830)

孤独中拖着人生的锁链,
这样使我们真触目惊心。
分享欢乐倒是人人情愿——
但谁也不愿来分尝苦辛。
我独一人,像空幻的沙皇,
心中填满了种种的苦痛,
我眼看着,岁月像梦般地
消逝了,听从命运的决定;
它们又来了,带着镀过金、
但依然是那旧有的幻梦,
我望见一座孤寂的坟冢,
它等着,为什么还在逡巡?
任何人也不为这个悲伤,
人们将(这个我十分相信)
对于我的死大大地庆幸,

---

[*] "孤独"这个主题贯穿着莱蒙托夫整个创作,逐步丰富、逐步深入,成为他的文学创作中最主要的题材之一。

甚于祝贺我渺小的诞生……

余　振译

奥西昂的坟墓[*]

(1830)

在那轻云薄雾的帷幔后,
满天风暴下,草原环绕中,
在我那苏格兰[①]的重山里,
屹立着那奥西昂[②]的坟冢。
我麻痹的灵魂向它飞去,
好呼吸呼吸故乡的熏风,
凭吊过被忘却的坟墓后
让我再开始自己的一生!……

余 振 译

~~~~~~~~~~~~~~~~~~~~

[*] 在这首诗的原稿上后来附记:"看到旅游者对这个坟墓的记载以后。"诗中倾诉了莱蒙托夫对奥西昂的景仰和对自己先祖的故乡的怀想。
[①] 莱蒙托夫的七世祖乔治·莱蒙特是苏格兰人,因此他常常称苏格兰为"自己的故乡"。
[②] 奥西昂,传说中约三世纪时的苏格兰人。十八世纪苏格兰诗人约·麦克菲尔孙采集苏格兰民间诗歌,并把这些诗歌当作奥西昂的作品,于一七六五年编辑出版了《奥西昂诗集》。

预言[*]

（1830）

俄国的不祥之年必将到来，
那时沙皇的王冠定会落地；
百姓将忘却先前对他的爱戴，
众多人将用死亡和鲜血充饥。
那时被推翻了的法律将不再保护
天真的孩子和无辜的纯洁的妇女；
那时发出恶臭的死尸引起的瘟灾
将在满目凄凉的村落中到处徘徊，
它摇摇手帕便把人从茅屋里唤出，
饥饿将使这可怜的国土受尽痛苦；
漫天的大火将照红河水上的波纹：
那一天将要出现一个有力的伟人，
将来你会认识他——将来你也会知道，
为什么他手中提着明晃晃的钢刀：
不过还是你倒霉！——你的哭泣和哀叫，

---

[*] 这是莱蒙托夫的第一篇政治诗，起因是一八三〇年夏发生的多起重大政治事件——波兰的起义、法国的革命。

那时他反倒认为是滑稽而又可笑；
他心中的一切将是可怕而又阴沉，
如同他的斗篷和高高仰起的额顶。

余　振译

致＊＊＊[*]

（1830）

你不要以为，我该当为人们可怜，
虽然我现在讲的话是这般凄然；——
不是，不是的！我一切惨痛的苦难——
不过是许多更大的不幸的预感。

我年轻；但心中沸腾着好多声音，
我一心想望的是能够赶上拜伦；
我们有同样的苦难，同样的心灵；
啊，如果是我们也有同样的命运！……

同他一样，我寻求着忘怀与自由，
同他一样，我童年时心已经烧透，
我爱过高山的落日、汹涌的水流，
和那人间与天国的风暴的怒吼。

---

[*] 一八三〇年在伦敦出版了《拜伦爵士书信及日记》，莱蒙托夫读了这本书后大为感动，写下这篇诗。诗中集中了他少年时期抒情诗中的主题：在人世间的孤独、渴望行动、幻想诗人的伟大任务、悲剧命运的预感。

同他一样,我枉然地寻求着平静,
无论何处都为一种思想所追踪。
我回顾既往——过去啊真使人心惊;
我展望未来——也没有亲切的心灵!

余　振译

乞 丐[*]
（1830）

在那神圣的修道院门口
站着个乞讨施舍的老人,
他有气无力,他形容枯瘦,
忍受着饥饿、干渴与苦辛。

他只是要乞求一块面包,
目光显示出深沉的苦痛,
但有人拿一粒石子放到
他那只向前伸出的手中。

同样,我带着眼泪和哀怜
在向你虔诚地祈求爱情;
同样,我所有美好的情感

---

[*] 这篇诗是写给叶卡捷琳娜·亚历山德洛芙娜·苏什科娃（1812—1868）的。一八三〇年八月,苏什科娃和莱蒙托夫同一些年轻朋友徒步旅行,遇见一个讨饭的瞎子。苏什科娃说她给了乞丐一些钱,但是另有人说苏什科娃给乞丐放了石子。

永远为你所欺骗、所戏弄!

余　振译

七月三十日——*

——巴黎，一八三〇年

（1830）

你可能做个很好的国王①，
但你不愿意。——你下定决心，
使人民在轭下忍受屈辱。
但你并不了解法兰西人！
对沙皇也有人间的裁判，
正是它宣布了你的末日；
从你那颤颤发抖的头上
仓皇奔命中把皇冠丢失。

可怕的战斗现在已燃起，
自由的旗帜，像一个圣灵，
行进在高傲的人群前面。
人们只听到这一种声音；
鲜血已开始在巴黎迸流。

~~~~~~~~~~~~~~~~

* 这是莱蒙托夫关于人民起义的政治诗中态度最鲜明的一篇。
① 国王，指法国国王查理十世，七月革命后他逃往英国。

啊！暴君呀，你将用什么来
偿还这一笔正义的血债，
人民的血债、公民的血债。

如果最后的号角的声音
锐利地划破蓝色的天穹；
如果掘开一座座的坟冢，
尸体还保留原先的面容；
如果搬来了那一架天平①，
而法官又把它高高抬起……
难道你的头发能不竖立？
难道你的手也能不战栗？……

蠢材！这一天你将怎么办，
而今耻辱已临到你头顶？
地狱的笑柄、游荡的阴魂、
你这被命运欺骗的幽灵！
你将被永恒的创伤杀死，
转过你那双乞怜的眼睛，
浴血的队伍将高声叫道：
他是有罪的！他就是罪人！

余　振译

---

① 天平，旧时公正裁判的象征。

波浪和人[*]

（1830）

波浪一个接一个向前翻滚，
　　轻轻幽咽而又哗哗喧响；
卑微的人们在我眼前走过，
　　也是一个跟一个熙来攘往。
对波浪来说，奴役和寒冷
　　胜似那正午骄阳的光芒，
人们却想要灵魂……结果呢？——
　　他们的灵魂比波浪还凉！

顾蕴璞 译

---

[*] 诗中流露的悲观情绪，是诗人早期哲理抒情诗的特征之一。

情　歌

（1830）

欢快的音滑过了我的琴弦，
　　但不是发自我的心间；
破碎的心中有个秘密的禅室；
　　那里隐伏着忧郁的意念。
滚滚的热泪顺我的面颊流淌，
　　但不是流自我的心房。
一颗失意的心里保存的情感，
　　注定要在这颗心中死亡。
凭靠金色希望长大的人们啊，
　　切莫到我心间寻求同情；
我连自己的痛苦不免要鄙夷，
　　哪有心去顾别人的苦痛？
我的眼睛何必再抬起来凝视
　　死去的少女冰凉的双眸；
我能够忆起许多逝去的时光，
　　对往事我却已不愿回首！
记忆向我们展示可怖的阴影，
　　往昔那血迹斑斑的幽灵，

它呼唤我重返那别了的地方,
　宛如暴风雨中灯塔的光明,
此刻狂风在恶浪上作乐寻欢,
　嘲弄着一只可怜的孤舟,
船夫明知失却返归的希望,
　仍呼唤并惋惜自己的故土。

顾蕴璞 译

悬崖上的十字架[*]

（1830）

我在高加索峡谷中望见一座悬崖，
只有草原上的苍鹰才能向它飞上，
有个木头十字架在上边现出黑影，
它已腐朽，风雨吹打得斜歪在一旁。

自从人们把它竖立在辽远的山头，
好多年代逝去了，不留一点点遗痕。
它的每只手都朝着天空高高擎起，
它仿佛一心想要捕捉天上的行云。

啊，假如是我能够攀登上那个地方，
我该怎样地祈祷，怎样地痛哭流涕；
上去之后，我可以扔掉人生的锁链，
我要同狂风暴雨结成嫡亲的兄弟！

余 振 译

---

[*] 这篇诗的原稿没有保存下来，据推测创作于 1830 年。

人间与天堂[*]

（1831）

我们爱人间怎能不胜于爱天堂？
　　天堂的幸福对我们多渺茫；
纵然人间的幸福小到百分之一，
　　我们能知道它是什么情状。

我们心中翻腾着隐秘的癖好，
　　爱回味往日的期待和苦恼；
人间希望的难期使我们不安，
　　悲哀的易逝叫我们哑然失笑。

未来是漆黑一团，十分遥远，
　　现时已令人感到心寒；
我们多愿意品尝天堂的幸福，
　　却恋恋舍不得辞别人间。

---

[*] 这篇诗吸取了十九世纪三十年代俄国和欧洲浪漫主义哲理诗的经验，深入探索着人与宇宙、生与死等奥秘。

我们更加喜欢手中之雀,
　虽有时也寻找空中之雁;
一旦诀别我们才看得更清:
　手中雀和心儿已紧紧相连。

　　　　　　　　　　顾蕴璞 译

我的恶魔[*]

（1831）

一

积恶是他的最大癖好；
每当翱翔在昏暗的云层，
他爱主宰命运的暴雨风，
也爱浪花和密林的喧声；
他爱那阴暗凄清的黑夜，
也爱迷雾和苍白的月轮，
他爱脸上的强颜欢笑，
也爱无泪和失眠的眼睛。

二

他已听惯了来自尘世的
微不足道的冷语冷言，
俗套的寒暄和善男信女

---

[*] 这篇诗的创作与长诗《恶魔》的第二稿相呼应。

在他眼里都可笑不堪；
他从不懂得怜悯和爱情，
靠凡俗的食物度日充饥，
贪婪地吞进战场上的硝烟，
和遍地鲜血所腾起的水汽。

三

每当新的受难者降生，
他便扰乱他父亲的心灵，
他这时含着严峻的嘲笑，
脸上露出凛然的神情；
每当有人将离开人世，
惴惴不安地走向坟墓，
他便共度弥留的时辰，
但对病者却不加慰抚。

四

孤傲的恶魔只要我还活着，
便决不会离开我的身旁，
他将用神奇之火的烈焰，
照得我的理智豁然开朗；
他让我看到了完美的形象，
却又要永远地把它夺走，
他虽然给了我幸福的预感，

却永不让幸福归我所有。

顾蕴璞 译

一八三一年六月十一日 *

(1831)

一

记得打从我童年的时候起,
我的心一直喜欢追新猎奇。
我喜欢世间那种种的诱惑,
唯独不爱偶尔涉足的人寰;
平生的那些瞬间充满苦难,
我让神秘的幻梦与之做伴。
而梦当然和大千世界一样,
不会因这些瞬间变得暗淡。

二

我在片刻间常凭想象之力,
以别样生活度过几个世纪,

---

* 这是莱蒙托夫早期抒情诗中的纲领性诗篇,其中涉及一系列哲理性浪漫主义主题,主要特征是用笔记式体裁抒发拜伦式沉思。

而忘却了人世。几次三番
悲哀的遐思使我痛哭流涕；
然而我所虚构的一切一切，
我假想之中憎和爱的对象，
都并非是人世的实有之物。
不，一切来自地狱或天堂。

三

冷漠的文字难写内心的斗争，
人们还没有一种有力的声音，
能把幸福的企求如实地描述，
我感到了炽烈的崇高的精神，
然而找不到一些恰当的话语，
此时此刻啊我宁愿牺牲自己，
好把纵然是激情的一点影子，
想方设法地移入别人的心里。

四

声名、荣光，这都算得了什么？
可是它们仍对我发生威力；
它们命令我把一切都舍弃，
我便痛苦度日，毫无目的，
我横遭诽谤，而且孤孤单单，
但信了它们！神秘莫测的先知

向我许诺下不朽,我虽还活着,
却把人世的欢乐交给死神处置。

五

然而天国里没有墓中的长眠。
等我变成灰烬,惊讶的人间,
纵然不解,也要祝福我的想望;
我的天使,跟随我你不会死亡:
因为我的爱情定然能够把
不朽的生命重新交付给你;
人们会把我俩的名字并提,
他们何苦让死者死别生离。

六

人们对待亡故者真可谓公正;
父亲诅咒过的,儿子崇拜如神。
要明此理,无须等到白发苍苍。
世间的万物都有终了的时辰;
人比花草是要稍稍显得长命,
但若与永恒相比,人的一生
实在不值得一提。每一个人
只需活过摇篮里度过的光阴。

七

心灵的产物也和此事相像。
我常超然出世地坐在岸上,
俯首察看那股湍急的水流
汹涌而下翻起碧色的波浪,
飞沫似白练一般哗哗作响;
我一直望着,摒绝了杂念,
这时空旷之中回荡的喧声,
不断把我深沉的遐想驱散。

八

此刻我多么幸福……啊,何时
我才能忘却那难以忘却的忧愁!
女子的秋波!狂热和苦恼之源!
另一个人很久以前已把她占有,
我也满怀柔情在爱另一个人,
我想恋爱——为着新的苦恼,
我向上苍祈祷;可我却知道,
往日悲哀的幻影仍在心头萦绕。

九

人世间竟谁也不给我青睐,

我令人生厌,也自成负担,
愁容常常浮现在我的脸上,
我冷漠无情而又十分傲慢。
世人都觉得我的神态很凶狠;
难道他们非得窥视我心房?
他们何必知道我心里想什么,
是喜是愁在他们全都一样。

十

天空驰过一块黑黑的乌云,
一团不祥之火在这里藏身,
这火焰正在不停地蹿动着,
把沿途所遇无不化为灰烬,
神速地一闪重又躲入云中;
又有谁能把它的来历说清,
又有谁肯窥探云团的核心?
何必呢?会消失得一无踪影。

十一

我的未来使心儿惴惴不安。
我将怎样了结此生,我的心
命定在何处游荡,我在何处
才能遇见我那心爱的意中人?
然而有谁爱过我,又有谁啊

将来能听到并认出我的声音?
我知道像我这样热恋是个罪过,
但也知道爱得恬淡又势所不能。

十二

世上有许多人并不相信爱情,
他们也很幸福;对另一些人,
爱意味着随血液产生的愿望,
意味着神经错乱或梦中幻影。
我不能给爱情下个什么定义,
然而它是一种最强烈的热情!
爱是我生活中必不可少之物;
我为着爱付出了整个的心灵。

十三

虚情假意未能把我的心儿变冷;
无所寄托,空虚的心隐隐作痛,
爱情,年轻时人所膜拜的女神,
一直在我受创的心灵深处留存。
正如有时在那废墟的隙缝里,
会长出一棵幼小的嫩绿的白桦,
它总在娱悦着人们一双双眼睛,
点缀着闷闷不乐的花岗岩之崖。

十四

异乡的不速客可怜小白桦的命运:
面临风暴的肆虐和酷暑的横行,
它孤苦无告,得不到谁的庇护,
终于难免未老先衰地枯萎凋零;
但那旋风永远也不能连根拔起
我这棵白桦;它长得坚实有力;
只有在一颗完全破碎的心里
情思才能有如此无限的威力。

十五

高傲的心灵遇到生活的重负,
从不会厌倦,也不至于颓唐;
命运难以一下子使它折服,
它却会奋起向命运进行反抗;
虽然它能成全千万人的幸福,
却誓要报复难以战胜的命运;
不惜任情作恶:有这样的傲骨,
如不成为神明,那必是个恶人……

十六

我总爱那辽阔无垠的荒原。

我爱那秃岗间拂面的轻风,
我爱那高空中翱翔的飞鸢,
和那平原上移动着的云影。
这里飞快的马群从不套轭,
嗜血的鹰鹫在蓝天下嬉戏,
草原上空的行云疾驰而过,
似乎格外自由,格外明丽。

十七

每当茫茫无边的草原的海洋,
在你眼前闪着青色的光芒,
关于永恒的思索有如巨人,
启迪人的心扉豁然地开朗。
宇宙的和声中每一个谐音,
痛苦和欢乐的每一刻时光,
在我们面前变得一目了然,
我们便能解释命运的乖张。

十八

每当落日西沉,空气清新,
谁如登上荒草丛生的山顶,
便可饱览西天夕阳的余晖,
便可目睹东天夜幕的降临,
下面是暮霭、梯田和丛林,

四周是数不尽的崇山峻岭，
有如暴风雨后天际的云朵，
夕晖里燃烧着奇特的峰顶。

十九

于是我心里满载逝去的年华，
怦怦地跳着；一种炽烈的幻念
更使往昔的骷髅复苏了生命，
往日竟保持原来美丽的容颜。
犹如我们都爱看自己的肖像，
即令它同我们已无一处相像，
纵然画布上目光曾炯炯有神，
如今因时间与痛苦而暗淡无光。

二十

人间有什么能美过天然金字塔——
这些傲然耸立的皑皑的雪山？
万邦的荣耀或者千国的耻辱，
都无法使那高傲的雄姿改观；
一块块乌云在山脊上撞得粉碎，
险峻的峰顶盘旋着雷光电闪；
一切都无损它们的一根毫毛。
谁接近天庭，他就无敌于人间。

二十一

草原的景色已是满目凄凉,
奔驰的朔风还在到处流浪,
刮得银色的茅草前仰后合,
任性驱赶尘土随着风飞扬;
纵使向周围投去锐利的目光,
也只有两三棵白桦映入眼帘,
在暮色苍茫中空荡荡的远处,
白桦黑黝黝的树影依稀可辨。

二十二

没有奋争,人生便寂寞难忍。
回首往事,看不出有多大作为,
即使在我们年华方富的时候,
人生也无法将我们的心灵宽慰。
我必须行动,真是满心希望
能使每个日子都不朽长存,
就像伟大英雄不衰的英灵,
我简直不解休息要它何用。

二十三

我心中时时刻刻有一样东西

正在沸腾成熟。期望和忧伤
无时无刻不在搅扰我的心房。
也理所当然。总觉生命短暂,
我总害怕,将来我会来不及
有所作为! 在我的这颗心里,
生的渴望压过了厄运的痛苦,
虽然对别人的生活不免鄙夷。

二十四

有时,机敏的心智竟会冷凝;
有时心灵如迟暮,夙愿模糊:
千思百感都仿佛沉入梦乡;
昏暗使人难辨欢乐与痛苦;
心灵正仿佛作茧自缚被捆住,
生固然可憎,但死也可怖,
痛苦的根源在自身就可找到,
万般事都无须向上天迁怒。

二十五

我已经习惯于这样的心境,
但此情此意难以说得分明,
无论是天使的嘴或魔鬼之舌;
他们哪里懂得我忧心忡忡:
一个纯洁无瑕,一个浑身邪恶。

唯有在人的身上,神圣之物
才能和邪恶之物邂逅在一起,
由此而衍生出他的种种痛苦。

二十六

从来没有人得到自己的所求,
得到自己的所爱,即令上天
赐予好运的人们也不能例外,
只要他把往昔的事追忆一番,
他便会看到,若不是命运之神
有通天本领扼杀他那些期望,
他本来可以比现在幸福得多。
但海浪哪有重返海岸的力量。

二十七

当海浪在厄运风暴驱赶之下,
卷起飞沫咝咝作响地驰奔,
它总怀念着它所出生的港湾,
因为它依偎苇丛带白沫翻滚,
也许会再次驶进另一个海港,
但它再也得不到心灵的安宁:
谁若曾在大海之上漂流过,
他便无法在滨海崖影里入梦。

二十八

我已料到我的结局、我的运命,
心头老早就打上了忧郁的印痕;
我受尽熬煎,唯有造物主了然;
冷漠无情的世人本无须来过问。
我死时定然不会被人们遗忘,
我的死将可怕得很;异国他邦
定要为它震惊,但在我的故国,
连对我的绝命也都要咒诅一场。

二十九

都要吗?不,倒未必。有一个人
还能够爱——纵然爱的不是我;
她直到如今对我仍不予信任,
然而她的心却燃烧着一团烈火,
她决不会倾心于世俗的舆论,
她心里仍定能记起我的预言,
她那双至今欢快活泼的眼睛,
将徒然为我流泪而模糊视线。

三十

一座血迹斑斑的寒墓等着我,

没有祈祷文,也不见十字架,
在咆哮不停的湍流的荒岸上,
在云烟弥漫的广阔的天宇下;
四周空寂。只有年轻的异乡客
有时被恻隐之心、道听途说
以及好奇心吸引到这里凭吊,
并在这块墓石上稍坐片刻。

三十一

他将说:世人何以没有理解
这位伟人,他怎么找不到朋友?
不知怎么连爱的春风化雨
都不再激起他对希望的追求?
他本该享有希望。哀思撩拨着
异乡客的心,他抬眼远望,
但见碧波万顷之上白云悠悠,
独木舟急驶而过,白帆在漂荡。

三十二

我的墓啊!我那醉心的幻象
正似眼前一幅幅景物。甜蜜
蕴含在一切未竟的事业之中——
水姿山色也藏匿在这些画里;
但要诉诸笔墨却谈何容易:

只有当思想不受篇幅的局限、
舒展自如时才能坚强有力，
似儿童的游戏和深夜的琴弦！

顾蕴璞 译

心　愿

（1831）

为什么我不是一只鸟儿，
　　不是掠过头顶的草原飞鸦？
为什么我不能在天空翱翔，
　　自由自在，抛却尘世的嚣杂？

不然我便要朝西方[①]疾驰而去，
　　那里有我祖先的田野在吐绿，
他们那已经被人遗忘的尸骨，
　　在深山迷雾中的荒堡里安息。

古墙上挂着一柄生锈的宝剑，
　　还有他们那块祖传的盾牌。
我便要在宝剑和盾牌上盘旋，
　　扇动翅膀掸去上面的尘埃；

我便要拨动苏格兰竖琴的幽弦，

---

① 西方，指苏格兰。

琴声便会顺着苍穹到处飞驰；
这琴声被一人唤醒，供一人谛听，
　　　它铮铮一振，便又戛然而止。

但如要对抗命运的严峻法规，
　　　幻想是徒劳，祈祷也枉然。
在我和故土的山岗之间，
　　　翻滚着无边的沧海巨澜。

骁勇战士的最后一个苗裔啊，
　　　正在异乡的雪原上蹉跎年华；
我生在这里，但心不属于此地……
　　　啊！为什么我不是只草原飞鸦？……

　　　　　　　　　　　　顾蕴璞 译

希 望[*]

（1831）

我有只天国飞来的小鸟[①]，
白天总是栖息在一棵
幼小的柏树的绿叶丛中，
但永远不在白天唱歌；
蔚蓝的天穹是它的脊背，
它的头像戴着一顶朱冠，
翅膀上沾着金色的灰尘，
似朝霞的反光初露云端。
当大地披上薄雾的罗衣，
在夜阑人静时刚刚睡去，
小鸟就在枝头放开歌喉，
唱得心儿啊无比地惬意，
随着歌声你不由得就会
把难忍的困苦忘个干净，

---

[*] 在这篇诗中，白天象征现实，夜晚象征未来，反映出诗人不满现实、寄希望于未来的思想境界。

[①] 天国飞来的小鸟，这个形象借自亚历山大·亚历山德洛维奇·别斯土舍夫（1797—1837）的中篇小说《变节者》（1825），寓指希望。

心儿总会觉得每个谐音
都像嘉宾那样受人欢迎；
我在风暴之中经常听见
这如此令我神往的歌喉；
我于是总用希望这字眼
来呼唤这位文静的歌手！

顾蕴璞 译

魔王的宴席

——讽喻诗

(1830—1831)

这是魔王的节日。一群不三不四的
鬼怪和过世阴魂都赶来参加宴席,
厨师们在精细地准备着珍馐美味,
内侍官叉手躬身地在大厅中侍立。
看哪,他们已按爵位的高下入席了,
看哪,仆役给端来了一大盘马铃薯。
因为我们的独裁者麦费斯托非里①
本来是个德国人,最喜欢吃马铃薯。

他右边坐着新来的贵宾〔保罗一世〕②,
左边坐着博士班头伟大的浮士德③,
遵守特殊规章、超群绝伦的大人物

～～～～～～～～～～～～～～～～～～～～～～～～～～～

① 麦费斯托非里,又译靡菲斯特,歌德诗剧《浮士德》中的魔鬼。
② 诗人在原稿中代以四个米字符(＊)。但由上下文及第三行押韵的词 "правил" 可以明显地看出,那个米字符正是指保罗(Павел)。保罗一世(1754—1801),一七九六年起为俄国皇帝,后被人暗杀。
③ 浮士德,歌德诗剧《浮士德》中的主人公。

(他给我们想出了一个永远不变的
传播那些糊涂虫的看法的好办法)。
都坐好了。门突然打开,一阵脚步声;
三个魔鬼一边施礼,一边走了进来,
他们走到宝座前呈上自己的礼品。

第一个魔鬼(说)

这是一颗女人的心:她想尽了方法
掩饰她的心事,甚至上天也想瞒过,
她把这颗心许给了好多好多的人,
但是从来没有把它交给任何一个。
她只是对她自己没有希求过不幸,
她只是对于恶忠心耿耿、矢志不移。
虽然这件小东西实在不像个样子,
但请您别拒绝我这份微薄的献礼。

"这太客气了!"①——执掌生杀大权的魔王
脸上浮现出轻蔑的微笑,扬声说道,
"你的礼物本来是一件出色的珍品,
但是当今的女皇新奇花样真不少;
在这些时候一定闹过不少笑话了,
怎么不告我一点有趣的逸事新闻;
我想,甚至于连这高墙也已经听到

---

① 原文为法文。

关于这些数说不尽的失节和不贞。"

第二个魔鬼①

我给你的宴席带来了自由的美酒；
任何人都不能拿它来医治好干渴，
尘世上的人们喝了它，喝得过分了，
他们把帝王们的冠冕全都给打破；
怎么帮帮他们？谁能不顾一般风气？
我们能制止住人间的破坏和复仇？
人间的统治者，我至尊无上的沙皇，
主宰一切的君王，请收下这瓶美酒。

这时候沙皇们都不由得勃然震怒，
都端着盘子从自己座位上跳起来，
他们怕小鬼们也喝上了这种美酒，
他们怕把他们也从这里赶出门外。
侍卫们都默默地翻起眼面面相觑，
他们知道，顶好是瞅个空赶快溜走；
但是魔王用英雄的风度拿了起来，
一下泼掉了这甜蜜的自由的美酒。

① 这节诗暗指一八三〇年法国、比利时、波兰等国的革命事件。

第三个魔鬼

霍乱传染病一直蔓延到了莫斯科,
医生们就马上全体出动帮它的忙,
他们也要人的命,他们也治人的病,
治死的比治好的要多出百倍以上。
有一个我们以前曾服侍过的医生,
他不迟不早这时正好想起了我们,
他硬要一个病人服了一帖安眠剂,
把个好端端的人打发去见他先人。

他讲完了,便用他那慌慌张张的手
向魔王献上了这个宿命的玻璃瓶。
"这就是那个可爱而又可悲的瓶子,
这就是医生的学识的宝贵的保证。
谢谢你。虽然这是来自遥远的北国,
但是我觉得最可爱的是你的礼品。"
魔王这样地讲出他对礼品的评价。
晚宴继续进行着,他不时发出笑声。

余　振译

人生的酒杯

(1831)

我们紧紧地闭起眼
　　饮啜人生的酒杯,
把它的金边打湿了,
　　就用自己的眼泪;

直等到在死神面前
　　蒙眼遮带脱落时,
诱惑过我们的一切
　　也随遮带而消失;

到那时我们才知道,
　　金杯原是空空的,
它也曾装过酒——幻想,
　　但它——不是我们的。

余 振译

自　由[*]

（1831）

我的母亲——刺心的悲伤，
我的父亲——苦难的命运。
我的弟兄虽然是人，
却不愿向我的胸膛
依偎温存；
他们是耻于来同我、
同这个可怜的孤儿
拥抱接吻。

但是上帝给了我
一个年轻的配偶，
自由呀自由，
无比可爱的
自由；
同她在一起，我便又有了

---

[*] 莱蒙托夫仿照民歌写下这篇诗，后来略做改动，收在小说《瓦季姆》中，作为参加普加乔夫起义的哥萨克的民歌。

另样的母亲、父亲和弟兄；
我的母亲——广阔的草原，
我的父亲——寥廓的天空；
他们给我吃、给我喝，
养育着我、抚爱着我；
我的弟兄们在森林中——
高大的白桦和苍松。
我要是在骏马上奔驰——
草原便同我一应一呼；
我要是在深夜里漫步——
月亮便给我照亮道路；
我的弟兄夏天的时候，
呼唤我到他们阴影下，
向我频频地点头，
向我远远地招手；
自由给我筑好一个家，
像世界般大——没有尽头！

余　振译

"你是美丽的,我的祖国的田野"*
(1831)

你是美丽的,我的祖国的田野,
但更美丽的是你的风云变幻;
在那里冬天仿佛明净的初冬,
像祖国纯朴的远古初民一般!……
这里云雾给天空披了件薄衫!
草原展开一片淡紫色的地毯,
它好像只是为自由而创造的,
同心灵这般亲近,又这般鲜艳……

但这草原同我的爱情却无缘;
但是这满天飞舞、晶莹洁白的、
对罪恶的国土过于纯净的雪,
从没有使我的心得到过慰安。
那一座坟冢①和那堆被人忘却,

---

* 本诗原无题,为方便读者,取第一句为题,下同。
① 坟冢,指诗人的父亲尤里·彼得罗维奇·莱蒙托夫的坟冢,他于一八三一年十月一日在图拉省叶甫列莫夫县克罗波托沃村的自家的领地上去世。

但对我、对我却最珍贵的尸骨,
已盖上一幅寒冷无尽的被单。

余　振译

天　使*

（1831）

天使在夜半的天空中飞翔，
　　　他嘴里在轻轻地歌唱；
月儿、星星和云朵在一起，
　　　谛听他那圣歌的声浪。

他歌唱天国花园的清荫下
　　　欢乐无边的纯洁精灵；
他歌唱那至高无上的上帝，
　　　赞美并不带半点虚情。

他抱来一个初生的灵魂，
　　　送到哀哭的尘世之上；
歌声留在这灵魂的心中，
　　　不用歌词，却如诉衷肠。

这灵魂在人寰久久地受难，

---

* 这是诗人用真名发表(1839)的唯一的一首早期短诗。

心中仍怀着美好的希望,
人间的歌儿实在使他厌烦,
　哪能抵得上天国的绝唱。

顾蕴璞　译

绝 句
（1831）

造物主注定我要爱到坟墓为止，
　　但顺着这个造物主的意志，
凡是爱我的一切都必定要毁灭，
　　或像我要痛苦到最后一日。
我的意志同我的希望在对立着，
我爱别人，却怕倒转来有人爱我。

春天到来的时候荒野的山岩上
　　毋忘草在孤独地开着花朵，
尽管是狂风吹着它，暴雨打着它，
　　山岩像往常一样地屹立着；
但美丽的小花在山上不复存在，
它已经被冰雹打折、被狂风吹坏。

我也正是这样，在命运的打击下
　　像山岩般站立着，挺胸昂首，
但是谁也别想经得起这种斗争，
　　假如他敢来握一握我的手；

我不是感情的,而是行动的主人,
即使我不幸——也让我一人去不幸。

余 振译

译安得列·舍尼埃诗[*]

(1831)

为了公众事业[①]我或许要丧失掉性命,
或者在流放中徒然度过自己的一生;
或许,我经受到了狡黠的诽谤的打击,
在世界和你的面前受尽敌人的欺凌,
我忍受不了这种用耻辱编就的冠冕
而让自己早早地结束了人生的路程;
但是你千万不要责难年轻苦难的人,
我恳求你,你千万不要将他讥笑嘲弄。
我可怕的命运值得你流下同情的泪,
我作过好多恶,但也经受过更多不幸。
即使我在傲慢的敌人面前是有罪的,

---

[*] 安得列·舍尼埃(1762—1794),法国诗人。他在十八世纪末法国资产阶级革命初期曾歌唱革命。普希金写过一篇充满反抗精神的诗——《安得列·舍尼埃》。从普希金和十二月党人起,安得列·舍尼埃一直被描写为歌唱自由的诗人、反对专制的勇敢战士,但安得列·舍尼埃的诗作中并没有类似的诗。莱蒙托夫故意用了这样的题目来暗示诗中的革命情绪,另一方面也借以逃避审查。

① 公众事业(общественное дело),十二月党人对共和国(республика)的叫法。

让他们报复吧；我对上天起誓，命运是
我的迫害者，从本性上说，我不是坏人；
我挺起胸膛前进，我不惜任何的牺牲；
我已厌倦了不可信赖的人世的虚荣，
但对我的诺言却不能不庄严地遵行；
即使我给交往的人带来了许多痛苦，
但是，朋友啊，对你却永远、永远地忠诚；
在自己的孤独中，或在熙攘的人群中，
我照样地爱你、爱你，怀着这样的深情。

余　振　译

"我们父子俩的可怕的命运啊"
（1831）

我们父子俩的可怕的命运啊：
生不得相见，死又是天各一方，
而在这有着公民称谓的祖国
你一生仿佛是被流放在他乡！
但，我的父亲，你已完结了一生，
你已得到你期待已久的死亡；
那个曾是你痛苦的根源的人，
愿他也静静地死去，像你一样！
但你要宽恕我！难道是我的过：
人们要扑灭我心中神圣的火，
它从摇篮时期就在那里燃烧，
而且造物主也早已把它认可。
但是他们的希望全都落了空：
我们彼此间寻不出什么仇怨，
虽然我们都做了苦难的牺牲！
你有没有过错，我无法来判断——
你被人世责难。但人世是什么？
时而恶毒时而眷顾的无耻之辈，

是一些无端的不相称的称赞
和如许的尖刻的诽谤的总汇。
地狱或天国的灵魂,你离开它,
忘掉尘世,像尘世忘掉你一般;
你比我幸运得多;在你的面前
正如同人生之海——命定的永恒
展开一个莫测的无穷的深渊。
如今你当真一点也不再惋惜
消逝在不安与眼泪中的日子,
那一些阴郁而又可爱的时光?
那时你在荒漠的心中寻觅过
往昔情感的残迹、往昔的幻想。
如今你当真一点也不再疼我?
啊,果真是这样,那我认为天国
远不如我苟活着的这个世界;
尽管在这里看不到什么幸福,
但在这里,最低限度,我还在爱!

余　振　译

告 别

(1831)

你别走吧,年轻的列兹金人①;
干吗急着返回自己家乡?
你的马倦了,山间湿雾弥漫;
这里有着你的住所和安宁,
还有我对你的爱恋!……

难道一片朝霞给你带走了
对于两个美妙夜晚的怀想;
我无可馈赠,贫穷得很,
但上帝赐给我的这一颗心
和你的完全相像。

你来到这里是一个阴天,
身披湿斗篷,愁容满面;
今天的阳光如此明媚灿烂,
莫不是你想永远叫这一天

---

① 列兹金人,高加索的一个民族。

对我变得阴凄暗淡；

看，四周是重重连绵的青山，
列着森严的队伍，像巨人模样，
彩霞和树林就是它们的衣衫；
我们自由善良；干吗你的目光
　　要驰往异国他乡？

相信吧，受到爱的地方才有祖国；
你自己讲过，在家乡的谷地，
不会有亲切的笑容来迎候你：
你跟我哪怕再待上一天，一会儿吧，
　　听着！一会儿也可以！

"我没有祖国，也没有朋友，
除了钢刀和战马一无所有；
因你的爱我感到过幸福，
但你那夺眶而出的泪水
　　却无法将我挽留。

"血战的誓言压在我的心头，
多少年来我一直到处漂流，
只要敌人还没有鲜血横流，
我便不会对任何人说声'我爱你'。
　　原谅我以此言相酬！"

顾蕴璞　译

墓 志 铭*

(1832)

别了！我们还能不能够再见？
死神愿不愿把人间命运的
两个牺牲者再聚合在一起，
哪能知道！那么,别了、永别了！……
你给了我生命,但没给幸福；
你自己在人世上颠沛流离,
你在人间尝过的只是怨恨……
但还有一个人,他能了解你。
当人们对你的尸体低下头
痛哭时,他一人站在你面前,
他甚至没有擦擦他的眼睛,
一动不动、冷冷地沉默无言。
人们,不知道这是什么缘故,
都来粗暴无礼地把他责难：
仿佛你临终时最后的一瞬
正就是他幸福时刻的开端。

* 这篇诗是诗人献给已经故世的父亲的。

但他们的叫骂对他算什么?
蠢材们哪!他们绝不会理解,
放声大哭比起心中痛苦着,
而无痛苦表示,要更为轻快。

余　振译

"不,我不是拜伦,是另一个"*
(1832)

不,我不是拜伦,是另一个
未成名的命运选中的人,
同他一样,是人世的逐客,
但长着一颗俄罗斯的心。
我早早开始,将早早收场,
我的才智不会造诣多深;
在我心中,像大海中一样,
希望的碎片仍然在浮沉。
阴沉的大海,谁能够洞悉
你的秘密?谁能够向人群
道出我心中深藏的思绪?
我——或是神——或是不值一文!

余 振译

---

* 十九世纪三十年代初,有一部分人把莱蒙托夫比作拜伦。莱蒙托夫这篇诗就是对他们的答复。

情　歌
（1832）

一

你就要走上战场，
但请把我的恳求听完，
　　请你把我怀想。
假如朋友欺骗了你，
假如你的心儿厌倦，
你的灵魂即将凋残——
　　在那海角天涯，
　　请你把我怀想。

二

假如人指给你一座坟墓，
在深更半夜借着灯光，
　　对你讲起一位
受人诱骗、遭人鄙夷、
已经被人遗忘的姑娘，

啊,那时候,我亲爱的朋友,
你在异国他乡,
可要把我怀想!

三

也许不堪回首的时光,
还会再一次对你造访,
在噩梦中扰乱你的心房;
你将会听到别离的哭泣、
痛苦的哀号和爱情的欢唱,
或是诸如此类的声音……
啊,哪怕是在梦乡,
也请你把我怀想!

顾蕴璞 译

"我想要生活！我想要悲哀"
（1832）

我想要生活！我想要悲哀，
抛却恋爱和幸福的情怀；
热恋和幸福使我玩物丧志，
把我额上的皱纹都舒展开。
如今该让上流社会的嘲笑
驱散我心中的宁静的雾霭，
没有痛苦岂是诗人的生涯？
缺了风暴怎算澎湃的大海？
诗人要用痛苦的代价去生活，
要用苦苦的焦虑把生活换来，
他想要买取天国的歌声，
他不愿坐享荣誉的光彩。

顾蕴璞 译

十四行诗*

（1832）

我怀着凋残的幻想，靠回忆生活，
逝去年华的幻影蜂拥在眼前，
你的形象在它们当中，像夜半
朵朵的行云中辉耀着一轮明月。

你的威力我有时感觉到沉重：
你的微笑，你的使人心醉的双目
像桎梏般把我的灵魂紧紧锁住，
你并不爱我，这对我又有何用。

我知道，对我的爱情你并不鄙弃，
但你却冷冷地听取着它的哀乞；
像一座大理石雕像，面对大海

矗立着——波浪在它脚前翻转不休，

---

* 这是莱蒙托夫唯一的十四行诗，写给女演员纳塔莉娅·费奥多洛芙娜·伊万诺娃（1813—1875），她是诗人的第一个热恋对象。

而它满面无情的严肃的神采,
虽不想把它踢开,却总不理不瞅。

        余 振 译

致 * * *[*]

（1832）

命运偶然把我俩凑在一起，
是你身上有我、我身上有你，
我的心、你的心结成了密友，
虽然它们不可能相偕到底！

如同春天的河水中映照出
天空的遥远的蓝色的穹隆，
它在平静的碧波上辉耀着，
遇到汹涌的浪涛不断颤动。

愿你，我愿你成为我的天空，
成为我可怕的风暴的伴侣；
让风暴在我们中间轰鸣吧，
我生来离开它就活不下去。

---

[*] 这首诗写给瓦尔瓦拉·亚历山德洛芙娜·洛普辛娜(1815—1851)。一八三一年莱蒙托夫爱上了这位聪明、活泼、爱幻想的可爱姑娘。虽然在家庭的压力下她在一八三五年嫁给了一个比她大得多的人，但莱蒙托夫对她的深沉感情至死不渝。

我生来,为了要整个的世界
作我的胜利或死亡的见证,
但指路明星啊,有了你,何须
人们的赞扬或倨傲的笑声!

他们的心决不能理解诗人,
他们的心不会爱诗人的心,
也不会了解他饱尝的悲哀,
也不会去共享一切的欢欣。

余　振译

两个巨人

（1832）

戴着顶黄金铸成的头盔，
年老的俄罗斯巨人①等待
另一个巨人从那遥远的
异国向着他的身前走来。

越过了高山，跨过了深谷，
已经传来关于他的故事；
他们要较量一下自己的
头颅，哪怕是只较量一次。

来了个不曾满月的勇士②，
已带着战争的雷雨上前，
他突然伸出他不逊的手
要一把抓取对方的冠冕。

---

① 俄罗斯巨人，指一八一二年保卫祖国的俄罗斯人民。
② 勇士，指拿破仑。

但俄罗斯的武士朝着他
从容地报以宿命的微笑:
他看了一眼——只摇了摇头……
勇士惨叫一声——便倒下了!

但他倒在遥远的大海里,
倒在不可知的花岗岩①上,
在那里,风暴在深渊上空、
广漠的海上不停地喧嚷。

余 振译

---

① 花岗岩,指拿破仑的流放地圣赫勒拿岛。

小 舟
（1832）

受了奇异的威权的捉弄，
我被逐出了情爱的王国，
像一只毁于风浪的小舟，
暴风雨抛它上沙岸停泊；
纵然潮水百般抚慰着它，
残舟对诱惑已无心问津；
它自知对航海已无能为力，
假装出它正在瞌睡沉沉；
任谁也不会再托付给它
装运自己或珍宝的重任；
它不中用了，却很自在！
它死了——却得到安宁！

顾蕴璞 译

"请接受这封奇异的书信"

(1832)

请接受这封奇异的书信①,
它寄自这个遥远的海滨;
虽不是使徒保罗的圣书——
却是保罗亲自给你投送。
唉!这个城是多么苦闷啊,
无涯的大水②又烟雾迷蒙!……
不管你走到哪里,看到的
总是高耸的红色的衣领③;
没有亲切的闲话——一本正经,
法律高踞在人们的头顶;
一切都异样,一切都新奇——
却没有不是庸俗的新闻!
人人都自己满足于自己,

---

* 莱蒙托夫把这篇诗附在给童年女友索尼娅·亚历山德洛芙娜·巴赫美捷娃(1800—?)的信中。
① 加着重号部分在原文中是斜体,下同。
② 大水,指波罗的海和涅瓦河。
③ 高耸的红色的衣领,指彼得堡警察的制服。

对他人没有一点点关心，
我们称之为心灵的东西
在他们竟根本没有名称！……

我终于亲眼看到了大海，
但是什么人欺骗了诗人[①]？……
我在它那宿命的海面上
没有汲取到伟大的精神；
不！我并不像它那样自由，
我患着人生烦闷的痼症；
（故意跟新老的岁月作对）
对它那泛着银光的衣衫
和它那汹涌澎湃的浪涛，
同以往一样，我并不艳羡。

余　振译

[①] 诗人，指尼古拉·米哈伊洛维奇·雅塞科夫（1803—1846），他写有《航海家》（1829）一诗：
> 我们的大海是十分荒凉，
> 它不分昼夜地不停喧嚷；
> 就在它那宿命的海面上
> 许多灾难在下边被埋葬。

"人生有何意义！……平平淡淡"[*]

（1832）

人生有何意义！……平平淡淡
或轰轰烈烈——无论在哪里，
愁恨像你不安的守身魂、
忠贞的妻子，紧紧跟着你；
虽同嚣嚷的人群在一起，
却独坐在高高的石墙下，
回味自己的爱与憎，为了
以后再谈起，这是多好啊；
有意无意间到处认得出——
在高傲的严肃的面孔下，
男人都是愚蠢的阿谀者，
而每个女子又都是犹大。
请仔细把他们观察观察——
就觉得不如快点死去吧。

---

[*] 这篇诗显然受到普希金的诗体小说《叶甫盖尼·奥涅金》中第二章第三十七节和第三十八节的影响。

死！这个字眼多么响亮啊，
这中间包含着多少意义；
最后一声呻吟——万事皆休
无须再张罗。可是以后呢？
以后好好把您放进棺材，
蛆虫将会啃光您的骨肉，
然后儿孙会不迟不早地
拿墓碑来压上您的坟头。
他们真凭着自己的天良
对您的责骂都可以宽恕，
为了您（也为教堂）的好处，
也许，给您做安魂的追荐
（这话我有点不敢对您讲），
不过您已注定不会听见。

假如您死时是有信仰的，
比如说，假如是基督教徒，
那么，那一块花岗岩，起码，
把您的名保留四十寒暑；
坟场要是过于拥挤了呢，
那么，不逊的手勇敢地来
刨开您狭窄的安身之处……
给您放进一口新的棺材。
而一个温柔的年轻女郎
会无言地同你睡在一起！
虽然苍白，却温顺而美丽；

但她不用目光,不用呼吸
搅扰您永恒无尽的安谧——
这多么幸福啊,我的上帝!

余　振译

"为什么我不曾生而为"*

(1832)

为什么我不曾生而为
这滚滚的碧色的波浪?
我在这银色的月光下
可以翻腾得这般响亮,
啊!我可以这般热情地
把金色的沙吻个不休,
可以这般高傲地蔑视
那风波中飘摇的小舟;
人们恃以骄傲的一切,
我一击就能把它毁掉;
我可以把那苦难的人
搂进我这寒冽的怀抱;
可以不怕地狱的痛苦,
可以不为天国所迷惑;

---

* 这篇诗写于一八三二年八月二十七日,当时彼得堡正在发大水。八月二十九日,诗人给瓦尔瓦拉·亚历山德洛芙娜·洛普辛娜的姐姐玛丽雅·亚历山德洛芙娜·洛普辛娜写了一封信,讲到了发大水的情况,同时附寄了这篇诗。

不安与寒冷将要成为
我的永远不变的法则；
在荒漠的遥远的北国
也可以不必寻求忘情；
我生来就自由地生活，
也会自由地了结一生！

余　振译

帆 *
（1832）

蔚蓝的海面薄雾茫茫，
孤独的帆儿闪着白光！……
它到遥远的异地找什么？
它把什么抛别在故乡？……

呼啸的海风翻卷着波浪，
桅杆弓着身正嘎吱直响……
唉！它不是在寻找幸福，
也不想从幸福身边逃亡！

底下是比蓝天清澈的碧流，
头上正洒着金灿灿的阳光……
不安分的帆儿却祈求风暴，
仿佛在风暴里有宁静蕴藏！

顾蕴璞 译

* 此诗最初附在诗人给瓦尔瓦拉·亚历山德洛芙娜·洛普辛娜的信中。

苇　笛
（1832）

一个快乐的渔夫，
　　　坐在河岸之上，
面前有一丛芦苇，
　　　迎风摇摇晃晃。
他剪根芦苇干枝，
　　　穿上几个孔眼，
再把一头捂住，
　　　吹起另外一端。

苇笛仿佛活了起来，
　　　忽然之间开了腔——
时而像人在说话，
　　　时而如风在喧响。
苇笛悲伤地唱道：
　　　"请你快把我丢放，
好渔夫呀好渔夫，
　　　你折磨得我够呛！

"我原来是个姑娘,
　　是个美丽的女郎,
我也曾鲜艳一时,
　　待在后娘的牢房,
多少辛酸的泪水啊,
　　倾出无辜的眼眶,
我不听上帝安排,
　　早早就呼唤死亡。

"我的后娘有一个
　　受宠的宝贝儿郎:
他常吓唬老实人,
　　诱骗美丽的姑娘,
我们在一天黄昏,
　　来到陡峭的岸上,
俯瞰碧蓝的波浪,
　　遥望金色的西方。

"他竟来向我求爱,
　　我怎能把他看上,
他给我不少金钱——
　　我没把它收藏;
他把苦命人杀死,
　　一刀砍入我胸膛,
他把我这具尸体,
　　在陡峭的河岸埋葬。

"于是有棵大芦苇,
　　长起在我的坟上。
它的心里满含着
　　年轻灵魂的忧伤。
好渔夫呀好渔夫,
　　快把苇笛放一旁,
你没有力量帮助我,
　　又不会哭泣悲伤。"

顾蕴璞　译

美 人 鱼 *
（1832）

一

美人鱼顺蔚蓝的河流浮游，
  一轮圆月照得她光彩耀眼；
她用劲拍打着银色的波涛，
  想把浪花泼溅到月亮跟前。

二

河水汹涌着，哗哗喧响，
  把映在水中的云影摇晃；
这时美人鱼唱着歌儿，
  歌声直飞到陡峭的岸上。

---

* 别林斯基称此诗为"俄罗斯诗歌中不可多得的珍品之一"，并把它归入"诗人个性在斑斓的生活幻象中消失的纯艺术诗篇"。

三

美人鱼唱道:"在我的河底,
　　那白日的光辉不时闪耀;
那儿有金色的鱼群漫游;
　　还有一座座水晶的城堡。

四

"在那密密的芦苇的浓荫下,
　　在晶莹的流沙的枕头上边,
安睡着一位来自异国的勇士——
　　被嫉妒的波涛俘获的青年……

五

"我们喜欢在漆黑的夜里,
　　将一绺绺丝样的鬈发梳好,
我们多次在正午的时分
　　亲吻美男子的双唇和额角。

六

"但不知怎的他对这阵阵热吻,
　　总是冷若冰霜,默不作声;

他安睡着,把头偎在我胸前,
　　不呼吸,梦里不低诉柔情!……"

七

美人鱼怀着茫然的忧伤,
　　在碧波的河上如此歌唱;
河水奔腾着,哗哗喧响,
　　把映在水中的云影摆晃。

顾蕴璞　译

短　歌
（1832）

犹太女郎，你这样急忙地走向何方？
　　　你知道，天还没有明，还很早……
慢点走吧，颈项上的金链已经松开，
　　　脚上的小皮靴也快要脱掉。

这就是桥！这里左边的几道铁栏杆
　　　在路灯的照耀下发着闪光；
紧紧地把住栏杆，疲累了，没有劲了！……
　　　那便是房子——和门上的铃铛。

犹太女郎默默无言地站立在门口，
　　　苍白得像一座大理石雕像；
停了一会儿，拉了拉绳子，敲了几下门……
　　　有人从窗口里向外面张望！……

烈火般燃烧着恐怖与秘密的希望，
　　　犹太女郎抬起了她的眼睛，
当然，这样一个短暂的宿命的瞬间

比百年的悲哀还令人心惊。

她说:"我的美丽的天使!再看我一眼……
　　　救一救你这可怜的莎拉吧,
她在受着无缘无故的残酷的拷打,
　　　她在受着那刀和火的刑罚……

"我父亲说,摩西的律例绝对不能够①
　　　允许我来爱你。我的爱人呀,
我在神色不变地倾听着父亲的话,
　　　我是为了爱情而倾听着他……

"他给我预定了不幸的痛苦和灾难,
　　　他已经把宿命的钢刀磨快;
他出去了……他将像影子似的追着你,
　　　我的爱人,要当心他的杀害……

"父亲的复仇的打击是非常可怕的,
　　　快点离开这里,赶快跑开吧!
你的莎拉的嘴一定不会背叛了你,
　　　即使在刑吏无情的毒手下。

快跑啊!……"但是向着那窗中人的脸上

---

① 摩西(公元前十四世纪),《圣经》故事中希伯来人的解放者和立法者。据《圣经》记载,摩西带领希伯来人摆脱埃及人的奴役,从埃及迁回迦南。相传犹太教的教义、法典多出于摩西。见《旧约全书·出埃及记》。

突来的寒光忽然闪了一闪……
有个东西在一只光裸的手中发亮,
　　　　而低微的回应是那般凄惨。

一件沉重的东西突然落在石头上,
　　　　墙脚下发出了微弱的呻吟;
转瞬即逝的生命在呻吟中喘息着,
　　　　但不仅是喘息着一个生命!

第二日清晨,惊慌的人们挤作一群,
　　　　叫嚷着或谈论着这一回事:
那座房子里一个俄罗斯人被杀掉,
　　　　窗外还有一个女人的死尸。

余　振译

"我受尽忧思与疾病的折磨"*

（1832）

我受尽忧思与疾病的折磨，
大好年华就开始枯萎凋零，
我希望好友似的同你诀别，
但你临别的致意这样冰冷；
你不相信我，但却还装作，
儿戏似的在听取我的语言；
你故意嘲笑我的眼泪，故意
不表白爱情，虽然心怀爱怜；
请告诉我，怎么这样报答我？
我是有错的，曾称赞过别人，
但是我没有跪在你的脚前
请求饶恕？但是当你为一群
年轻的狂妄的人包围起来，
你使他们都拜倒你的裙下，
你以你的美貌傲视一切时，
难道我就因此不再爱你吗？

---

* 这篇诗是写给纳塔莉娅·费奥多洛芙娜·伊万诺娃的。

我远远望着,可以说是祝愿:
你的容华在他们眼中消亡;
你对于我,就像天国的幸福
对上天的谪放者恶魔一样。

　　　　　　　　　　余　振译

垂死的角斗士*

（1836）

> 我看到一个角斗士倒在我面前……
> ——拜伦①

狂暴的罗马在欢呼……广阔的竞技场
庄严地轰响着喝彩与鼓掌的声音：
而他——被刺穿了胸膛——在默默地躺着，
他的膝盖滑落在尘埃与血泊之中……
浑暗的目光在枉然地祈求着哀怜：
那傲慢的幸臣和他的阿谀者元老
用赞扬的言辞给胜利和耻辱加冕……
显贵和观众看来，战败者算个什么？
为人鄙弃、为人忘却……吃倒彩的演员。

他的血在流着——闪耀着最后的一瞬——

---

* 拜伦在他的长诗中写到著名的雕像《垂死的高卢人》，这座雕像刻画了一个死在罗马竞技场的角斗士的形象。莱蒙托夫这篇诗的头二十一行是根据拜伦那篇长诗的第四章第一百三十九至第一百四十一节改写的。

① 题词引自拜伦的长诗《恰尔德·哈罗尔德游记》。原文为英文。

死亡的时刻已经来临……想象的光芒
在他心中一闪……多瑙河面前喧嚷着……
祖国在开着花……那自由生活的故乡；
他看见为了角斗而被抛下的家人，
他年老的父亲把僵硬的手掌伸开，
呼唤衰老年月的依靠者平安归来……
嬉戏的孩子们——还依然那样的可爱。
他们都在等待他带回光荣和钱财……
但是为了博取观众的一时的快乐，
他倒下了，可怜的奴隶，像一只野兽……
别了，荒淫无耻的罗马——别了，啊，祖国……

  欧罗巴的世界啊，你不也正是这样！
你曾是热情的幻想家膜拜的偶像，
在怀疑与苦痛的搏斗中受尽折磨，
没有信仰、没有希望——像儿童的玩具，
向坟墓低垂下你那不光彩的头颅，
  为狂欢的观众所耻笑、所揶揄！

  而在弥留的时刻，你还带着惋惜的
深深的叹息，而把你的目光又转到
你那充满了力量而又灿烂的青春，
为了文明的溃疡，为了高慢的豪华，
你早已漫不经意地把它忘记干净；
为了要尽力地抑制住最后的苦痛，
你在贪婪地听着古老时代的歌声，

和那武士时代的动人心弦的传说——
可笑的逢迎者们编造的空幻的梦。

余　振译

波罗金诺[*]

(1837)

"请你说说看,大叔,是不是
咱把烧毁的莫斯科扔掉,
　　可没把法国佬轻饶?
不是还打过几次硬仗吗,
据说还都激烈得不得了!
　　难怪整个俄罗斯啊,
　　都把这波罗金诺日记牢!"

"是啊,我们那时候的人,
和现在这辈人不同,是好汉,
　　不是你们这样的脓包!
他们碰上了艰难的命运,
从战场回来的没有多少……
　　要不是上帝有这种旨意,
　　哪能把莫斯科扔掉!

---

[*] 此诗写于一八一二年卫国战争二十五周年之际,在俄罗斯诗歌史上开一代诗风:普通百姓和士兵破天荒第一次成为诗中的抒情主人公。

"我们默默地撤退了好久,
真是恼火,尽等待战斗,
　　于是老人们埋怨道:
　　'我们干啥?回冬营睡大觉?
难道指挥官胆子这样小,
不敢用我们俄国的刺刀
　　挑烂敌人的军棉袄?'

"我们找到了一大片旷野:
大显身手就有地盘了!
　　我们便筑起了碉堡。
我们的人都竖起了耳朵,
等晨曦刚刚照亮了大炮,
照亮了林木蓝色的树梢,
　　法国佬立刻就来到。

"我把火药装满了大炮,
心想:我要款待朋友了,
　　别忙,老弟,穆西奥①:
快打吧,还要什么花招;
我们要像堵墙压倒敌人,
我们定要用自己的头颅
　　把我们祖国保卫好!

---

① 穆西奥,法语词的音译,意为"先生们"。

"我们对放了两天冷枪,
这种小玩意儿有啥味道!
　　　正等着第三天来到!
到处听得见人们在说:
'该弄点霰弹来轰上两炮!'
这时那个血战的疆场,
　　　已被夜幕笼罩。

"我在炮架旁躺下打个盹,
到天明耳边还能听到:
　　　法国佬在狂呼乱叫。
但我们野营里仍旧静悄悄:
有人在洗刷打烂的军帽,
有人怒气冲冲地磨刺刀,
　　　吹着胡子直唠叨。

"天空刚露出一点曙光,
一切顿时哗然骚动起来,
　　　一队队刀光闪耀。
沙皇的仆人,士兵的父亲——
我们团长天生的好汉一条,
可怜他身挨一剑倒下了,
　　　长眠在九泉下的阴曹。

"当时他目光炯炯地说道:
'弟兄们,后面不是莫斯科吗?

让我们战死在莫斯科城下吧,
像弟兄们那样把热血洒抛!'
我们誓以决死为国报效,
我们在波罗金诺的战役中,
　　　履行誓言肝胆照。

"那天天气甭提有多好!
法国佬穿过弥漫的硝烟,
　　　像片乌云压向我们碉堡。
只见那打着花旗的枪骑兵,
和头上插着马尾的龙骑兵,
纷纷从我们眼前闪过,
　　　一股脑儿齐来到。

"那样的会战你们可见不着!……
旌旗鬼影幢幢地西窜东跑,
　　　炮火在浓烟中闪耀,
宝剑铿铿响,霰弹直呼啸,
战士们的手砍杀不动了,
血淋淋的尸首堆成了山,
　　　挡住炮弹的轨道。

"那一天敌人可着实尝到了:
我们俄罗斯的骁勇战斗
　　　和白刃战的味道!……
大地像我们的胸脯颤动着;

人丁和坐骑搅得不可开交,
几千门大炮一齐轰鸣,
　　汇成了一声长噑……

"天已黑了。大家准备好
明早再次打响战斗,
　　并坚持到最后一秒……
这时战鼓咚咚地响起来,
邪教徒们便向后逃跑。
这时我们才查看伤亡,
　　清点伙伴剩多少。

"是啊,我们那时候的人,
个个都坚强勇敢:是好汉,
　　不是你们这样的脓包!
他们碰上了艰难的命运,
从战场回来的没有多少……
若不是上帝有这种旨意,
　　哪能把莫斯科扔掉!"

顾蕴璞 译

诗人之死

（1837）

诗人①倒下了,这声誉的俘虏!
他受尽了流言蜚语的中伤,
胸饮了铅弹,渴望着得分,
垂下了高傲的头颅身亡!……
诗人的这颗心已无法忍受
那琐碎的凌辱带来的耻辱,
他挺身对抗上流社会的舆论了,
还是单枪匹马……被杀害了!
被杀害了!……而今谁要这号哭、
这空洞无用的恭维的合唱、
这嘟嘟囔囔的无力的剖白!
命运已做出了它的宣判!
难道不正是你们这伙人
先磨灭他才气横溢的锋芒,
然后为了让自己取乐解闷,
把他强压心头的怒火扇旺?

---

① 诗人,指普希金。

好啦,你们可以高兴了……
他已受了那最后的磨难:
熄灭了,这盏天才的明灯,
凋零了,这顶绚丽的花冠。

凶手①漠然地瞄准他放枪……
此刻连搭救都没有希望:
那空虚的心平静地跳着,
他手中的枪竟没有抖颤。
这真是怪事!……命运把他
从远方抛到我们的祖邦,
让他来猎取高官厚禄,
如同千百个逃亡者那样。
他常放肆地蔑视和嘲笑
这个异国的语言和风尚
他哪能珍惜我们的荣耀,
他怎知在这血腥的一瞬,
对准了谁举起手放枪了!……

他被杀害了——被坟墓夺走,
像那位经他用妙笔赞美过的
不为人知但很可爱的诗人②

---

① 凶手,指杀死普希金的法国保皇党人丹特士,法国七月革命后他逃亡到俄国。
② 很可爱的诗人,指普希金的诗体小说《叶甫盖尼·奥涅金》中的连斯基,他在决斗中被奥涅金击毙。

就是那炉火难熄的牺牲品,
也像他在无情的手下殒命。

为什么抛却适情逸趣和纯朴友谊,
他要跨进这窒息幻想和激情的
妒贤嫉能的上流社会的门槛?
既然他年轻时就已能洞悉人世,
为什么还同中伤他的小人握手言欢,
为什么听信虚情假意和巧语花言?……

他们摘去他先前佩戴的花冠,
把满插月桂的荆冠给他戴上,
  但一根根暗藏着的棘针,
  把他好端端的前额刺伤;
那帮专好嘲笑的愚妄之徒,
以窃窃的恶语玷污他弥留的时光。
他死了——空怀着雪耻的遗愿,
带着希望落空后的隐隐懊丧。
  美妙的歌声从此沉寂了,
  它再也不会到处传扬,
  诗人的栖身之所阴森而狭小,
  他的嘴角打上了封闭的印章。

  你们这帮以卑鄙著称的①

---

① 在普希金入葬后几天,莱蒙托夫补写了以下十六行诗,并引起一场轩然大波。沙皇贵族以"煽动革命"为由将诗人逮捕。

先人们不可一世的子孙,
把受命运奚落的残存的世族
用奴才的脚掌恣意蹂躏!
你们,蜂拥在皇座两侧的人,
　　扼杀自由、天才、荣耀的刽子手,
你们藏身在法律的荫庇下,
不准许法庭和真理开口……
但堕落的宠儿啊,还有一个神的法庭!
　　有一位严峻的法官等候着你们,
　　他听不进金钱叮当的响声,
他早就看穿了你们的勾当与祸心。
到那时你们想中伤也将是枉然,
　　恶意诽谤再也救不了你们,
你们即使倾尽全身的污血,
　　也洗不净诗人正义的血痕!

顾蕴璞 译

一根巴勒斯坦的树枝[*]

（1837）

巴勒斯坦的树枝啊，告诉我：
你生在哪里，在哪里开花？
你曾经点缀过哪些山岗，
你曾把哪些峡谷美化？

东方①的晨光可曾抚慰你——
在那清澈的约旦河畔？
吹过黎巴嫩山间的夜风，
可曾愤怒地把你摇撼？

当梭林②的那些贫寒的子孙，
把你的绿叶编织的时刻，
他们是低声向上苍祈祷，
还是唱起那古老的颂歌？

---

* 诗人从基督教神话中提炼出了"巴勒斯坦的树枝"这一诗歌形象，它象征信仰、希望和最好的神兵等。
① 在俄罗斯诗歌中，"东方格调"常常与勇敢和坚毅相联系。
② 梭林，即耶路撒冷。

那棵棕榈如今可还活着？
可仍用阔叶茂密的顶盖，
常在夏日炎炎的时节，
把荒原上的行人招徕？

莫非它在伤别的痛苦中，
已经凋残得和你一样，
谷地的尘土正在贪恋地
扑倒在它枯黄的叶上……

告诉我，是谁用虔诚的手
把你带来我们这地方？
他是否常常为你忧伤？
你可曾把他的苦泪留身上？

也许他是个最好的神兵，
他有着一副开朗的容颜，
他在世人和神灵的面前，
如同你永远无愧于苍天？……

你，耶路撒冷的树枝啊，
守卫在金铸的圣像之前，
是神明忠心耿耿的哨兵，
也受到他暗中的保全。

幽明的暮色和神灯的柔光,
神龛和十字架等圣洁的象征……
在你四周和在你的上边,
一切都充溢着欢悦和宁静。

顾蕴璞 译

囚　徒 *

（1837）

快快给我打开这所监房，
给我白日的灿烂的光华，
给我黑眼睛的年轻女郎
给我一匹黑鬃毛的骏马！
我先甜蜜地紧紧地吻吻
那位年轻的娇好的美人，
然后再跨上那一匹骏马
好让我长风般飞向天涯。

但是牢狱的小窗高高的，
沉重的门上又加着铁锁；
而黑眼睛的女郎远远地
住在她僻静华丽的闺阁；
骏马儿也没有拴着缰绳，
独自在旷野中自由奔腾，
它愉快活泼地跳上跳下，

---

* 这是莱蒙托夫在创作成熟时期写的"监狱组诗"的第一篇。

顺着风扬起了它的尾巴。

我孤独的——没有一点安慰：
光秃的高墙在我的四旁，
圣像前的神灯昏黄暗淡
射出它将要熄灭的微光；
我只听见：在监房的门口
有一个驯顺无言的看守，
在那夜静中踏着均匀的、
响亮的脚步在来回慢踱。

余　振译

囚　邻*

（1837）

不论你是谁，我忧郁的邻居，
我像爱少年密友那样爱你，
　　爱你，萍水相逢的伴侣，
虽然命运玩弄诡秘的把戏，
将我同你永远永远地隔离，
　　如今用高墙，日后用个谜。

每当一抹晚霞绯红的微光，
把它消逝前告别的绵绵情意，
　　遥遥送进牢房的铁窗，
而看守挎着叮当作响的长枪，
站在那里昏昏沉沉地瞌睡，
　　心中回味往昔的时光。

我总是把额头贴近潮湿的牢墙，

---

* 诗人在这篇诗中既写自己的逆境，也写萍水相逢的囚邻的遭遇，还写服役应达二十五年之久的看守的乏味差事。

我总倾听:在这阴郁的寂静里,
　　你的歌声在空中回荡。
我不知道这歌声唱的什么,
但它饱含着忧伤,它那声浪,
　　犹如泪珠,轻轻地流淌……

一切便又复苏在我的心房:
有风华岁月里的希冀和爱情,
　　我又海阔天空地沉入遐想,
我的心充满了激情和热望,
血液在沸腾,泪珠从眼眶往外,
　　仿佛歌声,轻轻地飘荡。

　　　　　　　　　　顾蕴璞 译

"每逢黄澄澄的田野泛起麦浪"*
（1837）

每逢黄澄澄的田野泛起麦浪,
凉爽的树林伴着微风歌唱,
园中累累的紫红色的李子,
在绿叶的清荫下把身子躲藏;

每逢嫣红的薄暮或金色的清晨,
银白的铃兰披着一身香露,
正殷勤地从那树丛下边
对着我频频地点头招呼;

每逢清凉的泉水在山谷中疾奔,
让情思沉入迷离恍惚的梦乡,
对我悄声诉说那神奇的故事,
讲的是它离开了的安谧之邦——

此时我额上的皱纹才会舒展,

---

* 在这篇诗中,诗人列举一个个天人合一的短暂瞬间,以反衬自己内心的焦虑。

此刻我心头的焦虑才会宁息——
我才能在人间领略幸福，
我才能在天国看见上帝……

顾蕴璞 译

祈 祷[*]
（1837）

圣母啊，我如今向你祈祷，
对着你的圣容和你的光轮，
不求你拯救，不为战事祝祷，
不向你忏悔，也不对你谢恩。

我祈祷，更不为我这空寂的灵魂，
不为我这个飘零者的受苦的心；
我要把一个纯真无邪的少女，
交给冷漠尘世中热情的保护人。

请把幸福赐给受之无愧的心，
让体贴入微的人们伴她终生，
让她那善良的心灵有所希冀，
享受青春的光辉和暮年的宁静。

待到辞别尘世的时刻来临，

---

[*] 这首诗是献给瓦尔瓦拉·亚历山德洛芙娜·洛普辛娜的。

无论是沉寂的夜晚或喧闹的清晨——
求你派一名最最圣洁的天使，
到病榻前迎接她那美好的灵魂。

顾蕴璞 译

"我们分离了,但你的肖像"*

（1837）

  我们分离了,但你的肖像
  我依然保存在我的心中：
  正如同最好年华的淡影,
  它仍在愉悦着我的心灵。

  我把自己交给新的苦难,
  但我还不能够把它忘情：
  像破落的殿堂——依然是庙,
  被掀倒的圣像——依然是神！

余 振译

---

* 这篇诗可能是写给瓦尔瓦拉·亚历山德洛芙娜·洛普辛娜的。

"我不愿意让世人知晓"*
（1837）

　　我不愿意让世人知晓
　　自己藏在心底的隐忧；
　　只有上帝和我的良心
　　才配评说我的爱和愁。

　　心儿将会向他们倾诉，
　　也会向他们乞求怜悯；
　　但愿即将来惩罚我的，
　　是制造我的痛苦的人；

　　庸人俗子的纷纷责难，
　　岂能使崇高的心灵悲伤；
　　任凭大海的涛声喧天，
　　花岗岩的悬崖安然无恙！

　　悬崖把额头高耸入云，

---

* 诗人在这篇诗里想表达的是，既不理会尘世，也不听信上帝。

是两种自然力忧郁的房客,
除去风暴和阵阵响雷,
它不把心思向任何人诉说……

顾蕴璞 译

"我急急匆匆打从遥远的"*

(1837)

我急急匆匆打从遥远的、
温暖的异乡朝北国赶程,
哦,卡兹贝克①,东方的卫士,
我这个流浪汉向你致敬。

你那皱纹累累的额角,
自古就裹着洁白的头巾,
人们高傲的低声怒怨,
也惊不破你高傲的恬静。

但愿你的峭壁悬崖,
把我这顺从的心的祝愿,
带进天国和你的领地,
带到安拉②永恒的宝座前。

～～～～～～～～～～
* 这篇诗的初稿先被纳入《伊斯梅尔-贝》中,它的主题和形象在《恶魔》等作品中得到进一步发展。当时诗人在从格鲁吉亚返回北方的途中。
① 卡兹贝克,高加索的一个山峰。
② 安拉,伊斯兰教信仰的神。

我祈求凉爽的日子能降临
尘飞的大路和酷热的谷地,
好让我正午路过荒原时,
能坐在石上作片刻小憩。

我祈求暴风雨万万不要
披铠戴甲,雷声隆隆,
来袭击我和疲惫的骏马,
在阴沉的达里亚尔谷①中。

不过我还有一个愿望!
我怕说出!——心在战栗!
我怕自从我流放以后,
在故乡早已把我忘记!

我还能得到从前的拥抱?
我还能听到旧时的问候?
亲友还能认出这受苦人,
在经过这么许多年之后?

也许在那凄冷的墓间,
我将踩着亲人的尸骨,
他们善良、热情而高尚,

---

① 达里亚尔谷,高加索的一个山谷。

曾和我一起把华年共度。

啊,既然如此!卡兹贝克啊,
你快用暴风雪将我掩埋,
并毫不留情地在深谷扬起
我这无家可归者的遗骸。

顾蕴璞 译

短　剑[*]

（1838）

我爱你，我的纯钢铸的宝剑，
你这明晃晃而冷冰冰的战友，
沉思的格鲁吉亚人造你想复仇，
自由的契尔克斯人磨你为恶斗。

一只百合般的纤手别离时，
当作留念物把你递我手，
你身上初次流的不是鲜血，
是痛苦的珍珠——泪水滚流。

一对乌黑的眼睛凝视着我，
明眸里饱含着莫测的哀愁，
恰似你的钢锋在摇曳的灯下，
时而熠熠发亮，时而暗淡昏幽。

---

[*] 在十二月党人和普希金的诗中，短剑都是为自由而斗争的象征。一八三八年年初，莱蒙托夫流放归来，写下此诗，最初以《赠品》为题，因为主要是咏赞第一次流放中所得赠品（可能是格里鲍耶多娃所赠），通过对短剑的咏唱抒发对高加索的爱和对山民的同情。

爱情无言的信物啊,你伴我漂流,
流浪者将把你当作榜样记心头;
我一定忠贞不渝,意志坚定,
和你一样啊,我的钢铸的朋友。

　　　　　　　　　　顾蕴璞 译

"每当我听到了你的"

(1838)

每当我听到了你的
清脆的美妙的话声,
就好像笼中的小鸟,
我的心便怦怦跳动;

每当我看到了你的
天蓝的深邃的两眼,
我的心便跳出胸膛
迎上去恳求你哀怜,

不知道该怎样高兴,
我想要尽情地痛哭,
我想要一直扑过去
把你来紧紧地搂住。

余　振译

"她一歌唱——歌声消融了"
（1838）

她一歌唱——歌声消融了，
好像是甜蜜的芳唇上的吻，
她一顾盼——天空辉耀在
她那神奇而美妙的秋波中；
她一移步——全身的动作、
她一开言——整个的面容
都这样充满了动人的娇憨，
都这样充满了奇异的表情。

余　振译

沉 思
(1838)

我悲哀地望着我们这一代人!
我们的前途不是暗淡就是缥缈,
对人生求索而又不解有如重担,
定将压得人在碌碌无为中衰老。
我们刚跨出摇篮就足足地占有
祖先的过错和他们迟开的心窍,
人生令人厌烦,好像他人的喜筵,
如在一条平坦的茫茫旅途上奔跑。
真可耻,我们对善恶都无动于衷,
不抗争,初登人生舞台就退下来,
我们临危怯懦,实在令人羞愧,
在权势面前却是一群可鄙的奴才。
恰似一只早熟又已干瘪的野果……
不能开胃养人,也不能悦目赏心,
在鲜花丛中像个举目无亲的异乡客,
群芳争艳的节令已是它萎落的时辰!

我们为无用的学问把心智耗尽,

却还嫉妒地瞒着自己的亲朋,
不肯倾吐出内心的美好希望,
和那受怀疑嘲笑的高尚激情。
我们的嘴刚刚挨着享受之杯,
但我们未能珍惜青春的力量,
虽然怕厌腻,但从每次欢乐中
我们总一劳永逸地吸吮琼浆。

诗歌的联翩浮想,艺术的件件珍品,
凭醉人的激情也敲不开我们心房;
我们拼命想保住心中仅剩的感情——
被吝啬之情掩埋了的无用的宝藏。
偶尔我们也爱,偶尔我们也恨,
但无论为爱或憎都不肯做出牺牲,
每当一团烈火在血管里熊熊燃烧,
总有一股莫名的寒气主宰着心灵。
我们已厌烦祖先那豪华的欢娱,
厌烦他们那诚挚而天真的放浪;
未尝幸福和荣誉就匆匆奔向坟墓,
我们还带着嘲笑的神情频频回望。

我们这群忧郁而将被遗忘的人啊,
就将销声匿迹地从人世间走过,
没有给后世留下一点有用的思想,
没有留下一部由天才撰写的著作。
我们的子孙将以法官和公民的铁面,

用鄙夷的诗篇凌辱我们的尸骨,
他们还要像一个受了骗的儿子,
对倾家荡产的父亲尖刻地挖苦。

顾蕴璞 译

诗 人
(1838)

我的短剑闪耀着金色的饰纹,
　　利刃可靠,完好无残;
钢锋至今留着锻造的妙术——
　　骁勇善战的东方的遗产。

它在山间多年为骑士效劳,
　　从不为功劳希冀酬答;
在许多胸上劈出可怖的伤口,
　　岂止刺穿过一副铠甲。

逞能斗胜它比奴仆还要顺从,
　　听到不逊之言便铮铮作响。
当年若给它添上华美的雕饰,
　　定看作不伦不类的奇装。

它从捷列克河①畔老爷的尸身,

---

① 捷列克河,高加索北部的河流。

移到哥萨克勇士的腰间，
然后它久久地被人弃置不用，
　　　放在亚美尼亚人的货摊。

如今英雄的这位可怜的侣伴，
　　　已把沙场的旧鞘丢弃，
挂在墙上成闪光的金制玩具——
　　　唉，无害而声名狼藉！

任谁也不再用熟稔而关切的手
　　　去把它擦洗，对它爱抚，
任谁也不在做晨祷的时候，
　　　把它身上的题词诵读……

诗人啊，在我们世风日下的时代，
　　　你岂不也丢弃你的使命？
从前你令人肃然起敬的感召力，
　　　岂不也被你换成了黄金？

从前你雄劲的语言与谐和的音响，
　　　常激励战士奔赴战场，
它对人们有用，似席上的杯盘，
　　　像祈祷时点烧的祭香。

你的诗句如神灵曾在空中飞翔，
　　　而你那崇高思想的回音，

有如市民会议塔楼上的洪钟，
　　　　在欢庆或遭灾之日轰鸣。

但我们听厌了你质朴而骄傲的语言：
　　动听的只是虚夸和欺骗；
我们这衰老的世界，如迟暮的美人，
　　爱把皱纹藏在胭脂下面。

受人嘲笑的先知①啊，可会再苏醒？
　　当你听到那复仇的声音，
也许你不会再从你贴金的剑鞘里，
　　拔出锈满了鄙夷的剑身？……

顾蕴璞 译

---

① 受人嘲笑的先知，指诗人。

哥萨克摇篮歌[*]

(1838)

睡吧,我的美丽的小心肝,
　　　小——心——肝——
天上明明的月亮悄悄地
　　　望着你小小的摇篮。
妈妈给你把故事讲几个,
　　　给你把歌儿唱几段;
睡吧,快闭住你两只小眼,
　　　小——心——肝——

捷列克河在乱石中奔流,
　　　波浪在拍打着两岸;
可怕的车臣尼亚人来了,
　　　他正在磨他的刀剑;
但你爸爸是一个老战士,
　　　他经受过不少锻炼:

---

[*] 这篇诗充满了格莱宾哥萨克民间创作的色彩。据说,莱蒙托夫曾在一个叫作车尔伏列纳的哥萨克村住过,听到了当地妇女唱的摇篮歌,于是写下此诗。

睡吧,小宝宝,你不要害怕,
　　小——心——肝——

将来有一天你自己也会
　　亲自去沙场上作战;
你也会勇敢地跨上马镫,
　　带上自己的刀和剑。
妈妈给你用丝线绣一个
　　战马上备的小马鞍……
睡吧,我的亲爱的小乖乖,
　　小——心——肝——

那时你一定会成个武士,
　　会成个哥萨克好汉。
你走时我把你送到门外——
　　你把手一挥,脸一转……
那一夜我一定想念着你,
　　痛苦的眼泪揩不干!……
甜甜地睡吧,我的小天使,
　　小——心——肝——

我日夜想念你,好不心酸,
　　眼巴巴地等你回还;
妈妈在黑夜里为你问卜,
　　白天里又祷告上天;
我想你一个人远在他方

　　　　一定也思念着家园……
睡吧,趁你现在还不懂事,
　　　小——心——肝——

临走时送你一尊小圣像,
　　　你经常带在你身边:
你要是在外边祷告上天,
　　　把它供在你的面前;
准备参加危险的战斗时,
　　　把妈妈牢记在心坎……
睡吧,我的美丽的小宝贝,
　　　小——心——肝——

　　　　　　　　　　余　振 译

"我要用这篇迟献的诗章"*
（1839）

  我要用这篇迟献的诗章
道贺可爱的婴儿降生到世上。
  愿所有天使齐把他保佑，
无论他们属于人间或天堂！
  愿他无愧于他的父亲，
美丽可爱跟他的母亲相像；
  愿他的灵魂能得到安宁，
维护真理如司智天使一样！
  愿他不要过早地去体尝
爱的痛苦和对名的贪得无厌；
  愿他心平气和地去看待
虚假的出众以及虚假的声望；
  愿他不要去寻思为什么
会有别人的苦痛和自己的欢畅，
  愿他从尘世的泥潭拔出时

---

* 诗人把这篇诗献给大学时代的友人洛普辛，庆贺他的儿子出生。一说洛普辛是瓦尔瓦拉·亚历山德洛芙娜·洛普辛娜的假托。

依然能心地洁白,灵魂无恙!

顾蕴璞 译

莫要相信自己
（1839）

> 我们毕竟无须理会那种大喊大叫，
> 无论出自诺言叫得震天响的骗子手、
> 热情的贩卖商、制造大话的巨匠，
> 还是出自在漂亮话上狂跳的舞蹈家之流。
> ——奥·巴比埃①

年轻的幻想家啊，莫要相信自己，
　　要害怕溃疡似的害怕灵感，
灵感是你患病的心灵的胡言乱语，
　　或是你受禁锢思想的愤懑。
别在灵感中徒然寻找天国的征候：
　　那是感情冲动，精力过旺！
快用操心琐事消磨掉你的生命，
　　快斟上一杯下了毒的琼浆；

每当你在朝思暮想的美妙瞬间，

---

① 奥·巴比埃(1805—1882)，法国诗人。原文是法文。

在你那早已喑哑了的心房，
发现一个无人知晓的处女般的泉眼，
　　正流出醇厚而甜美的音响，
你切莫倾听，切莫沉迷于这声音，
　　快给它蒙上忘怀之幕吧，
即使用上铿锵的诗行和冷静的语言，
　　也无法把它的含义表达。

每当哀愁袭进你的心灵深处，
　　激情似风暴袭进你心坎，
此刻莫要携带你那疯狂的女友
　　去参加人家喧闹的酒筵；
莫要失了尊严，要耻于卖弄情感，
　　别时而大怒，时而忧伤；
要耻于对着心地善良的平民百姓
　　傲慢地显示心灵上的脓疮。

你痛苦与否和我们有什么相干？
　　何须知悉你内心的不安，
何须知悉你早年那愚蠢的期望，
　　知悉你理智愤然的憾念？
请你看看：在你面前，世人照样
　　悠然地走着习惯了的路；
在他们快活的脸上焦虑依稀可辨，
　　但见不着不体面的泪珠。

然而他们之中未必会有一个人
　　不曾被折磨得萎靡不振，
没有因为犯罪，也未因遭受不幸
　　而未老先衰，满脸皱纹！……
相信吧：你那老生常谈的哭泣和埋怨
　　他们都视为可笑不堪，
有如一位涂脂抹粉的悲剧演员
　　舞弄着硬纸板做成的宝剑……

　　　　　　　　　　　　顾蕴璞　译

三棵棕榈*

—— 东 方 的 故 事
（1839）

在那阿拉伯大陆的沙漠上
有三棵棕榈在高傲地生长。
从枯瘠的地下涌出一股清泉，
泉水淙淙地泛起寒冽的微澜，
它被隐护在绿叶的笼罩下，
避开了毒暑和漫天的飞沙。

好多的年月已无声地消逝；
但是那倦怠的他乡的游子
带着火热的心胸走向这翠盖，
还没有向着这寒泉弯下身来，
繁茂的树叶和潺潺的清流
被太阳曝晒得已一无所有。

---

* 一八八四年《莱蒙托夫诗集》出版时，这篇诗的第三节第一行被检查官删去。

这三棵棕榈便埋怨开上帝：
"我们生来就为了死在这里？
沙漠上我们徒然地生长开花，
被那狂风吹折，又被毒日烧杀，
看不到人们的垂怜的目光？……
给我们安排得不公啊，上苍！"

话刚刚说完——天蓝色的远处
卷起了一阵黄沙，像根天柱，
远处传来了一阵杂乱的声音，
蒙着花毯的驮子渐渐地走近，
好像海上的孤舟，一队骆驼
摇摇晃晃地从风沙里走过。

一摇一摆地，直硬的驼峰间
支撑着遮阳上绣花的帷帘；
浅黑色的手不时地把它掀开，
黑色的目光从那里闪耀出来……
一个阿拉伯人鞭打着乌马，
他瘦弱的身躯向鞍鞯俯下。

马有时后腿直立，向上跳跃，
像一只被飞箭射中的斑豹；
白色衣服上拖下美好的褶纹
顺着骑士的肩膀自然地披分；
在马上挥动着手中的戈矛，

他大声叫喊,同时又在呼啸。

商队喧嚷着,已经走近棕榈:
阴影下舒展开轻松的身躯。
水瓶潺潺地汲满泉水的清流,
棕榈高傲地点着它多叶的头,
它在欢迎着这不速的来客,
而寒泉殷勤地款待以清波。

但黄昏刚刚地降临到大地,
树根上斧声已叮叮地响起,
百年的古树僵直地倒在那里!
孩子们剥干净了它们的外衣,
随后又砍断了光裸的树身,
慢慢地烧着它,直烧到天明。

当微风向西方吹走了晨雾,
商队也走上了预定的程途,
在那荒漠上留下的凄惨遗痕
只是一堆灰白的凄冷的余烬。
太阳烧尽了那干枯的残屑,
随后又被狂风都吹向旷野。

到如今只剩下荒漠与天宇——
棕树叶不再来同流泉低语:
它向预言者恳乞荫凉的枝丫——

给它带来的只是灼人的尘沙，
还有那草原上孤高的老鸢
紧抓着小鸟儿在空中飞旋。

余　振译

捷列克河的礼物[*]

（1839）

在那巍峨峻峭的高山间
捷列克河在狂暴地咆哮，
泪水化作了浪花在飞溅，
哭声好像那呼啸的风暴。
但是，当他奔上了草原时，
却装出一副狡诈的面貌，
用非常亲切温存的口气
滔滔不绝地对里海说道：

"请给让让路，年老的大海，
给我的波涛安身的所在！
广阔的原野上已经玩够，
我早该到这里休息下来。
我出生在卡兹贝克山麓，
吮吸云朵的奶汁而长成，

---

[*] 俄国评论家别林斯基读了这篇诗后写道："这个青年可以成为俄国第三个诗人，普希金去世后不是没有继承人的。"

我准备永远同这人类的
不可解的权力争辩不停。
我为了使你的儿孙开心,
冲破我们达里雅尔山沟,
而给他们,实在是好极了,
赶来了一群大块的石头。"

但是里海却静静地不动,
身子倚靠着松软的海岸,
仿佛入睡了,而捷列克河
又亲切地爬在老人耳边:

"我给你带来个小小礼品!
这不是一件寻常的物事:
来自战场的卡巴尔达人①,
大无畏的卡巴尔达武士。
最珍贵的锁子甲,精钢的
臂铠,紧裹着武士的身躯:
铠甲上都用黄金书写着
《古兰经》上的神圣的诗句。
他在阴郁地紧皱着眉头,
在他的美好的胡须旁边
洒着点点的高贵的热血,
到而今仍然是血迹斑斑;

———————————
① 卡巴尔达人,居住在高加索北部的民族之一。

不再转动的圆睁的眼睛
充满昔日的难忘的冤仇;
他珍贵的额发顺着颈项
拖下,扭成了黑色的一绺。"

但是里海倚靠着松软的
海岸,他睡着了,默然不响;
狂暴的捷列克河发了火,
对这老头子又这样地讲:

"喂,老伯伯:这是无价之宝!
其他礼物还成什么体统?
我藏起来,怕全世界知道,
一直宝物似的藏到如今。
我给你随着波浪带来了
一个哥萨克女郎的死尸,
她有一副灰白色的肩膀,
留着淡淡的亚麻色辫子。
她的阴暗的脸是忧郁的,
眼睛平静而甜蜜地闭上,
在她胸前小小的创口里
一道殷红色的血在流淌。
在那整个小小的乡镇上,
只有一个格莱宾哥萨克
没有来到我高高的河岸,
哀悼这年轻美貌的女郎。

他早跨上了黑色的骏马，
奔入深山同敌人去厮杀，
而把强悍的头颅断送在
凶恶的车臣尼亚人①刀下。"

愤怒的激流沉静了下来，
在这流水上，像雪一样白，
那拖着湿淋淋的辫子的
头颅一摇一晃地漂起来。

这时老头子威风凛凛地
站了起来，像风暴般雄伟，
而在他深蓝色的眼睛中
浮出了满眶热情的泪水。

他充满了快乐，跳了起来——
而把这汹涌澎湃的波涛
带着甜蜜的爱情的低语
紧紧地搂进自己的怀抱。

余 振译

---

① 车臣尼亚人，即车臣人，居住在高加索北部。

纪念奥多耶夫斯基*
（1839）

一

我过去就认识他，我们俩
一起浪迹在东方的崇山之间……
我们亲密地分尝放逐的苦闷，
然而我已返回故乡的田园，
考验的时刻一个接一个过去，
他却没有盼到良辰的来临：

就在那简陋的行军帐篷里，
病魔一下夺走了他的生命，
走向坟墓时他还带走一连串
飘忽不定、稚气而朦胧的灵感，
落空的希望以及痛苦的抱憾！

---

* 莱蒙托夫于一八三七年在高加索结识了十二月党人弗拉基米尔·费奥多洛维奇·奥多耶夫斯基(1803—1869)。两人都是流放者，都是诗人，很快变成莫逆之交。

二

他降生到世上就为这些希望、
诗歌和幸福……但他热情如狂——
过早地挣脱了他身上穿的童装,
把心儿抛进了喧嚣生活的海洋,
社会不容他,上帝也不保全!
一直到死,他终生激动不安,
不论置身于人群或漂泊在荒原,
他心中从未熄灭感情的火焰:
他依然保存蓝色眼眸的光灿,
天真嘹亮的笑声和生动的谈吐,
对人、对新的生活的不屈信念。

三

但他已远远离开友人而死了……
我亲爱的萨沙①,愿你那颗心,
那颗已覆盖了异乡黄土的心,
沉静地安眠,一如我们的友情
也在默默无语的记忆里深藏。
你像许多人,死得无声无息,
然而矢志不移,神秘的思想

---

① 萨沙,奥多耶夫斯基之名的爱称。

在你合上了双眼长眠之后,
依然在你的额头不停地游移;
而你在临终之前所说的话语,
没有一个听者懂得它的真谛……

四

那莫非是你向祖国的致意,
或是你对活着的友人的呼唤,
要不就是因为夭折而哀伤,
或只是病近垂危发出的呼喊——
有谁能告诉我们?你那遗言的
深不可测而令人痛心的含义,
就此失传了……你的事业、见地、
思想———一切就此消逝无迹,
一如那轻烟一般的朵朵夕云:
刚一闪亮,风又把它吹散——
来去行踪和原因有谁来问津……

五

夕云消逝在蓝天后踪影全无,
如孩子青梅竹马后不留迹痕,
又似他心底秘而不宣的理想,
未诉诸缠绵的友情即成泡影……
这又有何妨!任凭尘世忘却

你这个与尘世格格不入的人，
你何需它那顶关怀备至的桂冠，
又管它什么无聊中伤的荆针！
你不曾为尘世效劳，从年轻时起
你就摒弃了它那阴险的锁链：
你爱喧腾的大海和不语的草原——

六

还有那寒山起伏不定的峰峦……
在你那座无人凭吊的坟墓旁，
命运之神如此奇妙地编织了
生前你所曾喜爱的千种风光。
不语的草原闪着蓝色的光辉，
高加索环抱着它，像一顶银冠；
它在大海上皱起眉头打着盹，
宛如一个头靠着盾牌的巨人，
在倾听汹涌的波涛讲着故事，
而黑海正在无尽无休地喧腾。

顾蕴璞 译

"有些话——它的含义"*

(1839)

有些话——它的含义
隐晦或不值一文！——
但你一听就心跳，
不可能无动于心。

它的声音充满了
如痴似狂的渴念、
离别的低声哭泣、
幽会时心的震颤。

这些从火焰和光
脱胎而来的话语，
在尘世的喧嚷声里
得不到回音就消失；

---

* 对于浪漫主义者莱蒙托夫来说，话语和含义是矛盾的，因为复杂深沉的感情往往无法表达。炽烈似火的诗情无法为冷若冰霜的世人所理解，这个主题贯穿于他的全部诗作中。

但我在庙堂或沙场，
无论在什么地方，
当我听到它一响，
到处能辨这声浪。

我不等做完祈祷，
便去应和这声音，
立刻从沙场脱身，
迎着这声音飞奔。

顾蕴璞 译

"我常常出现在花花绿绿的人中间"
(1840)

我常常出现在花花绿绿的人中间,
仿佛是在梦境,就在我的眼前,
  伴着舞步凌乱和乐声吵嚷,
伴着俗不可耐的耳语的拿调装腔,
晃过一个一个温文尔雅的假面人——
  一群有肉无灵的人的肖像。

那些早已不再战兢兢的纤手、
以城里美人玩世不恭的胆量,
  触到我这双冷冰冰的手掌,
每当此刻我表面沉迷于她们的声色,
心中却在重温往昔怀过的幻想——
  已逝岁月里的神圣音响。

如果我在顷刻间沉入了遐想,
便会像一只自由的小鸟飞翔,
  驾起记忆的翅膀飞向过去;
我看到自己还是个孩子,在我周围

尽是故乡故地:一幢贵族的高房,
　　一座花园带温室的断垣残墙;

沉睡的池塘蒙上一张绿草的细网,
池塘后的村庄飘起袅袅的炊烟,
　　一片薄雾升起在田野的远方。
此刻我踏上一条幽深的小径;
晚霞的微光穿过丛林朝我张望,
　　黄叶在怯生生的脚下瑟瑟作响。

于是一种莫名的忧思袭上心头,
我想她,我爱她,我悲伤,
　　我爱我的意中人的幻象,
她有着一对燃着蓝火的眼睛,
她有着一副玫瑰花般的笑容,
　　恰似黎明时树林后初露的曙光。

俨如奇异国度里至高无上的君王,
我就这样一连几小时独坐冥想,
　　虽然几经疑云和痛苦的折磨,
当年的倩影至今仍然铭记心上,
像那清新的小岛安然立在海心,
　　在湿润的荒原上径自花草芬芳。

然而当我清醒之后认出虚幻,
人群的喧哗之声总会立刻吓跑

喜筵上的不速客——我的幻象，
啊，我真想搅扰他们的欢畅，
把充满苦味和怒气的铮铮诗句
　　狠狠地统统摔在他们脸上！……

顾蕴璞　译

"寂寞又忧愁,当痛苦袭上心头"[*]
（1840）

寂寞又忧愁,当痛苦袭上心头,
有谁可以和我分忧……
期望……总是空怀期望干什么？……
岁月正蹉跎,年华付东流！

爱……爱谁呀？钟情一时何足求,
却又无法相爱到白头……
反顾自己吧,往事消踪了,
欢乐、痛苦,全不堪回首。

激情算什么？这种甜蜜的病症
会烟消云散,当理智一开口；
只消你向周围冷冷地扫一眼——
人生空虚、愚蠢呀真少有……

顾蕴璞 译

---

[*] 此诗以凝练的笔墨细腻深刻地倾泻了十二月党人起义失败后在尼古拉一世黑暗统治的重轭下一代青年的苦闷,格调哀而不伤,被高尔基誉为具有"一种强有力的感情"。

编辑、读者与作家*
（1840）

诗人正像是靠着吸吮自己脚掌而生活的熊。
————未发表的著作①

（作家的屋子；下着窗帷。他坐在壁炉前大沙发上。读者拿着一支雪茄烟背向壁炉站着。编辑走进来。）

编　辑

你生病了，这使我很高兴：
在人生的纷扰和嚣嚷中，
诗人的心很快地要失去
他自己那些神奇的幻梦。
他在各种各样的印象中

---

* 这篇诗继承了普希金的《书商和诗人的谈话》，同时又激发了涅克拉索夫创作《诗人与公民》(1856)、马雅科夫斯基创作《和财务检查员谈诗》(1926)。

① 引文是歌德《格言诗》中两行诗的散文译文。原文是法文。

在琐事上耗尽他的心机,
将死去,作为公论的牺牲。
他在快乐的烈焰中何时
才能构思出成熟的作品?……
但是,假若上天忽然想要
给他降下流刑或者监禁,
甚至是长年累月的病患,
那真是至高无上的神恩:
在他那幽静僻远的地方
立即响起了快乐的歌声!
但有时他热情地迷恋着
自己的那种化装的哀痛……
喂,您在写什么呢?能不能
告我?

作　家

没有什么……

编　辑

白费舌唇!

作　家

写些什么呢?东方与南国

早都有人描写过、歌唱过;
所有的诗人都咒骂群众,
也都在赞扬自己的一伙;
他们的心儿都飞往天上,
暗中祷告着,都向着 N.N.,
向着那未知的理想呼唤——
而大家对他们极为讨厌。

读 者

我说——需要有很大的勇气
才敢来翻翻……你们的杂志
(它已经把我的手磨破了);
第一,都是一些灰色的纸,
它可能也是白白净净的;
可是千万不能不戴手套……
你一读——排印得错误百出!
诗——又是这样的空洞无聊;
语词都没有意义和感情,
每一个句子都非常生硬;
而且——可以说句体己话吗?
韵脚上也还是常有毛病。
散文呢? 又都是译自外文。
要是您偶尔看到了一些
用我们的调子写的小说——
那么,大抵,在讥刺莫斯科,

或者是在咒骂官僚政客。
他们描画什么人的肖像？
他们哪里听过这种对话？
即使他们是真的听到过，
我们还是不高兴去听它……
思想在这荒漠的俄罗斯
何时才能抛弃浮华虚文，
而找到简练纯朴的语言
和那崇高的热情的声音？

编　辑

我说的也是这样的意思。
同您一样，我一看到我们
俄国的缪斯，就气愤填胸。
请您读一读我那篇评论。

读　者

我读过了。不过是对于字体、
花饰、错字的小小攻击，
还有对于莫名其妙的事，
做了些隐晦曲折的暗示。
即使让大家乐一阵也好！……
先生们，你们的墨水瓶内
一点刺鼻的胆汁也没有——

而只有不干不净的污水。

编　辑

这一点我是完全同意的。
但请您相信我,凭良心说,
我希望的不是互相谩骂——
可是怎么办？……人家在骂我！
请设身处地替我们想想！
下层也在读我们的刊物：
字句间露骨的粗直的话
并不是人人觉得不舒服；
做法、风格——都不能太呆板；
要知道大家都一样花钱！
请相信我：命运已经注定
让我们负起沉重的负担。
请告诉我,怎么能读得下
这怪诞的话和无用的书——
而为了什么？为了对您说,
我们这些书不值得一读！……

读　者

不过,如果是偶然碰到了
一部生动的、清新的作品,
那真是一种无上的享乐,

心胸是怎样愉快而轻松!
你看,比方说,我的好朋友:
它的音节是这样的响亮,
至高的上帝又赋予了它
饱满充沛的情感与思想。

编　辑

正是这样的——但糟糕的是:
诸公却不写这样的文字。

作　家

写些什么呢?……常常有的是
烦闷的重负卸下的时候,
有的是灵感劳作的日子,
有些时候心智是充实的,
而和谐的韵脚像波浪似
滔滔不绝地,一浪随一浪,
按着自然的顺序在奔驰。
在刚觉醒过来的心灵里
升起了一轮奇异的太阳:
力量充沛的思想把语言
好像珍珠似的,穿成一串……
这时候诗人带着自由的
大无畏精神正视着未来,

而世界因他崇高的幻想
在他看来不染一点尘埃。
但是他这些奇异的创作
只有他一人在家中阅读,
读过后他又毫不痛惜地
随手去生了自己的壁炉。
难道说这种天真的情感,
虚无空幻的任情的狂想
也配称之为严格的艺术?
它们被人嘲笑、被人遗忘……

　　常常有这样的痛苦之夜:
没有梦,眼在哭泣、在炽燃,
心头上——满是渴望的哀愁;
不禁的恐怖使毛发悚然;
冰冷的手在瑟瑟地发抖,
紧紧地抱着火热的枕头;
而那痛苦的、狂乱的叫声
从胸膛中迸出——于是口中
不自觉地大声地呼唤着
那个早已忘掉了的姓名;
记忆自如地描绘出一帧
那个早已忘却的昔日里
焕发着青春美貌的面容;
眼中是爱情,口中是欺骗——
你却不禁地又信赖它们,

触动一下旧创伤的伤口
是说不来的愉快而疼痛……
这时我就写。良心口授着,
而执笔的是暴怒的心智:
那是篇揭开诡秘的心思
与行事的有魔力的故事;
那是荒唐的无情的画面,
愚蠢的青年时日的传言——
这些时日早在不可见的
但却不屈不挠的战斗中、
在诳骗的无知的男女间、
在虚幻的美好希望和阴郁
怀疑中,消逝于热情之海,
而且已永远地一去不返。
我,无名的偶然的裁判者,
揭穿了他人的内心深处,
把那用礼仪掩盖起来的
罪恶大胆地交付给耻辱;
我是无情的,我是严厉的……
但是,真的,这痛苦的诗句,
我是决计不拿来发表的,
不让不想看的眼睛去看……
请你告诉我,有什么可写呢?

　　我何苦招那不识好歹的
人群对我的痛恨和憎恶,

让他们把我预言的话语
一概称之为狡猾的咒诅?
让那狂热的诗篇的隐毒
搅乱赤子的平静的梦乡,
而把他的天真稚弱的心
带进了我那无羁的汪洋?
啊,不!——我还没有用罪恶的
幻想眩惑我自己的思想,
我决不拿这么大的代价
去买取你们空洞的赞扬……

余　振译

幻　船[*]

——译自采德里茨的诗

（1840）

在那大海的蓝色波涛上，
星星刚在天空中闪烁时，
一只孤单的船儿张满帆
飞一般地在海风中疾驶。

高高的桅杆笔直地矗立，
桅杆上的风标没有声响，
从船上没有掩蔽的舱口
铁炮默默地向远方眺望。

船上听不见船长的声音，
船上看不见水手的踪影；
但那些暗礁、险滩和风暴
却不曾给予它一点伤损。

---

[*] 这篇诗是根据奥地利诗人约瑟夫·克利斯蒂安·采德里茨（1790—1862）的诗改写的，主题与法国政府把拿破仑的尸骨由圣赫勒拿岛迁回巴黎一事有关。

海中有一座小小的孤岛——
一片荒凉、阴森的花岗岩；
在那小岛上有一座坟冢，
有一个皇帝埋葬在里边。

敌人们没有给举行葬仪
就把他埋在松松的沙里，
给他压了块沉重的石头，
使他不能从坟墓中爬起。

在他悲哀的死亡的时刻，
半夜里，一年终了的时候，
那只船静静地停泊下来，
靠着小岛的高高的岸头。

这时候皇帝苏醒了过来，
他从坟墓中突然间站起；
他头上戴着一顶三角帽，
身上穿一套灰色的军衣。

交叉起他那有力的双臂，
向胸口垂下高傲的头颅，
他走上前去，坐在舵轮前，
很快地驰上自己的程途。

他向可爱的法兰西驶去，

在那里他抛下光荣、皇位,
抛下自己的继承人——儿子,
还有他那些年老的近卫。

他在夜的昏暗中刚刚地
望见了自己可爱的祖国,
他的心便又突突地跳起,
眼睛里便又燃烧起烈火。

勇敢地迈开大步下了船,
他径直走上祖国的海岸,
他大声呼唤自己的战友,
严厉地喊叫自己的将官。

但那些蓄着长须的将官——
在金字塔酷热的沙土中、
易北河怒号着的原野上、
俄国的冰雪下长眠不醒。

元帅们听不见他的呼唤:
有的早已在战斗中死掉,
还有的早已经背叛了他,
而卖掉自己征战的军刀。

在这沉静荒漠的海岸上
他急得在地上跺了跺脚,

怒气冲冲地走来又走去,
他在又一次大声地呼叫:

他呼叫他那可爱的儿子,
他那无常命运中的凭倚;
他对他允诺过半个天下,
而自己要的只是法兰西。

但他的皇子早已经死去,
当希望与力量开花时候;
可是皇帝等着他,在那里
一个人呆呆地站了很久——

他站着,他在深深地叹息,
一直到东方露出了晨光,
而痛苦的泪水从他眼中
点点地落到寒冷的沙上。

他只得再走上自己那只
神奇的幻船,而他的头颅
低垂到胸前,他摆了摆手,
随后又驶上了回头的路。

余　振译

女 邻

(1840)

看来我已盼不到自由,
狱中的生活度日如年;
铁窗高踞在地面之上,
而且有看守待在门边!

假如没有可爱的女邻①,
我真愿意死在牢笼里!……
今天我们拂晓醒来,
我向她微微点头致意。

分开并连接我们的是囚禁,
使我们认识的是相同的命运,
同一个愿望和双层的铁窗
让我们彼此心连着心;

---

① 女邻,指监狱长的女儿。当时莱蒙托夫因与巴兰特决斗而被囚居。诗人和她未通一言,但对自由的共同向往使他们心心相印、默默相爱。

清晨我一坐到窗前,
便任贪婪的目光流连……
对面的小窗哗的一响,
蓦然卷起了它的窗帘。

这调皮的女孩望了我一眼!
她把头靠在纤细的手上,
仿佛拂过一阵轻风后,
一条头巾滑下她肩膀。

她柔嫩的胸脯十分苍白,
她独坐叹息,很久很久,
显然她心怀不羁的念头,
也像我时刻在怀恋自由。

别发愁呀,亲爱的女邻……
只要敢想,牢笼能打开,
我们定会像神鸟一样,
双双飞向广阔的野外。

从你父亲那里偷把钥匙,
你再让看守们吃顿美餐,
至于守门的那个家伙,
我一定想法亲自来干。

只是你要选个漆黑的夜,

给你父亲足足地灌饱酒，
为了让我好知道这件事，
再请把头巾挂在窗口。

　　　　　　　　顾蕴璞 译

被囚的武士[*]

（1840）

我独自默默地坐在监房小窗下；
从这里可以望得见蓝色的天空：
天空中自由的鸟儿不停地飞翔；
我望着，感到无限的惭愧和悲痛。

在我的口中既没有罪恶的祈祷，
也没有赞美着可爱女郎的歌声：
我只是回忆着那支沉重的宝剑、
钢铁的铠甲，还有那往日的战争。

而今石头的头盔紧压在我头顶，
身上又紧裹着一副石头的铠甲，
我抵挡刀箭的盾牌也已着了魔，
我的战马在奔跑，没有人去管它。

迅逝的时间——就是我忠诚的战马，

---

[*] 这是莱蒙托夫"监狱组诗"的最后一篇。

头盔的面罩——就是这牢狱的囚笼，
石头的盔甲——就是这高高的四壁，
而我的盾牌——就是这监房的铁门。

飞逝的时间啊，愿你飞得再快点！
这身新的甲胄已使我承受不了！
我到达时，死神将替我扶住马镫；
我跨下了马，把脸上的面罩摘掉。

余　振译

因为什么

（1840）

我忧伤，因为我在真心把你①爱，
我也知道：流言的诡谲的迫害
不会饶过你花朵般盛开的青春。
为每个晴朗的日子、甜美的一瞬
你将向命运付出眼泪与哀愁。
我忧伤……因为你没有感到烦忧。

余　振译

---

① 你，大概指玛丽雅·阿列克谢耶芙娜·谢尔巴托娃(1820—1879)。

谢
(1840)

我感谢你,为了一切的一切:
为了激情带来的内心的痛楚,
为了辛酸的眼泪和含毒的热吻,
为了朋友的中伤和敌人的报复;
为了在荒原耗掉的心灵的烈焰,
为了平生曾经欺骗我的一切……
但求你这样来安排我的命运,
让我今后对你没几天再可谢。

顾蕴璞 译

译歌德诗 *

（1840）

高高的峻峭的山峰
沉睡在夜的昏暗中；
幽暗的沉静的峡谷
充满了清新的浓雾；
大道上是清净无尘，
树叶是这般的寂静……
请你等一等不要急吧，
你也该来休息休息。

余　振　译

---

* 这篇诗是歌德《流浪者之夜歌》一诗的意译（除了第一行和最后两行），但莱蒙托夫译文中的主体和形象体系跟歌德原诗完全不同，歌德只是描写逐渐沉沉入睡的自然景象，人也应该走入梦境，莱蒙托夫却在诗中许诺着解脱人间的苦难而得到永恒的休息。

云*

(1840)

天空的行云啊,永恒的流浪者!
你们,逐放的流囚,正同我一样,
经过碧色的草原、像连珠似的,
由可爱的北国匆匆奔向南方。

是谁在迫害你们:命运的决定?
隐秘的嫉妒?还是公然的毁谤?
苦磨着你们的是自己的罪行,
还是朋友们狠毒的恶意中伤?

不是,荒凉的田野使你们烦腻……
你们不知道什么痛苦和怅惘;
你们是永远冷漠、永远自由的,
你们没有祖国,也不会有逐放。

余 振译

* 这篇诗是诗人在第二次流放高加索时动身前写的。

遗 言
（1840）

老兄啊，我真想跟你
单独地叙上一叙，
人说在这个世上，
我已经活不久长；
你很快就要回家；
你可别……唉，算了吧！
说实在的，对我的命运，
谁也不会来操心。

假如有人要问……
不管他是什么人，
告诉他我受了伤，
子弹打穿我胸膛；
说我已为沙皇献身，
我们的医生可不行，
说我要向故里
请你代致敬意。

你未必能再见到
我的父亲和母亲……
说真的，我得承认，
我不忍叫他们伤心，
他们俩如有谁还活着，
告诉他我懒得写信，
我们的队伍已出征，
叫他们别把我苦等。

邻居有个姑娘……
想起来，我和她俩
一别多年了！她不会
问起我……反正都一样，
告诉她全部真情，
别顾惜她那空虚的心；
就让她哭一场去吧……
这对她没什么要紧！

顾蕴璞 译

申　辩

（1841）

当你的朋友留给人间的
并不是什么光荣的称谓，
他所留下的仅仅是一些
关于热情的迷惘的回忆——

当热血曾经在那里沸腾、
爱情曾经怨恨地疯狂地
徒然搏斗过的那一颗心
将在黄土中无声地安息——

当你在公众的裁判面前
默默无言地低垂下头颅，
而你的那样纯真的爱情
也将要变成了你的耻辱——

他虽然曾用热情和罪过
玷污了你那青春的时期，
我恳求：那时候请你不要

用刻薄的话去祝他安息。

在人群裁判前请你说明：
能裁判我们的只有上帝，
你已用自己的一切痛苦
换到了宽宥的神圣权利。

余　振译

祖　国
（1841）

我爱祖国，但却用的是奇异的爱情！
　　连我的理智也不能把它制胜。
　　　　无论是鲜血换来的光荣、
无论是充满了高傲的虔信的宁静、
无论是那远古时代的神圣的传言，
都不能激起我心中的慰藉的幻梦。

　　　　但是我爱——自己不知道为什么——
　　它那草原上凄清冷漠的沉静、
　　它那随风晃动的无尽的森林、
它那大海似的汹涌的河水的奔腾；
我爱乘着车奔上那村落间的小路，
用缓慢的目光透过那苍茫的夜色，
惦念着自己夜间住宿之处，迎接着
道路两旁荒村中点点颤抖的灯火；
　　　　我爱那野火冒起的轻烟、
　　　　草原上过夜的大队车马、
　　　　苍黄的田野中小山头上

那一对闪着微光的白桦。
我怀着人所不知的快乐
望着堆满谷物的打谷场、
覆盖着稻草的农家草房、
镶嵌着浮雕窗板的小窗;
而在有露水的节日夜晚
在那醉酒的农人笑谈中,
观看那伴着口哨的舞蹈,
我可以直看到夜半更深。

余　振译

死者之恋 *
(1841)

纵令我已被冰凉的湿土
　　埋入了黄泉,
情侣,我的心到处和你的
　　永远地相连。
身在这平静与忘怀之国,
　　我这墓中人,
依然没有从心里忘却
　　热恋的熬煎。

我毅然在痛苦的最后一瞬,
　　辞别了人寰,
此后期望别离的慰藉——
　　别离成空愿,
我看见缥缈仙子的美色,
　　但惆怅不已,

---

* 一八四一年三月十日,莱蒙托夫在玛丽雅·阿尔谢尼耶芙娜·巴尔金涅娃(1816—1870)的纪念册上题写此诗,诗中涉及生、死和爱情等主题。

因为我在天使们的面庞中
　　难把你认辨。

我并不稀罕辉煌的神力、
　　圣洁的天国,
来这里我随身携带许多
　　尘世的情感。
在天国我无处不在怀想
　　我的意中人;
我仍在希望、哭泣、嫉妒,
　　如往昔一般。

只消另一个人的鼻息,
　　触及你脸庞,
我的心便在无言的痛苦中,
　　剧烈地抖颤,
只要你在梦中喃喃地谈及
　　自己的新欢,
你说出的话儿便会似火焰
　　烧灼我心田。

你不应当再去爱别的人,
　　不,真不应当,
神意早判定你同死者
　　要婚配成双,
唉,你的惧怕、你的祈祷

有什么用场!
你可知道,平静与忘怀
并非我所想!

顾蕴璞 译

"在荒凉的北国有一棵青松"*
（1841）

在荒凉的北国有一棵青松，
　　孤寂地兀立在光裸的峰顶，
它披着袈裟般的松软白雪，
　　摇摇晃晃渐渐地进入梦境。

它总是梦见：在辽远的荒原，
　　在那太阳升起的地方，
有一棵美丽的棕榈树，
　　在愁苦的崖上独自忧伤。

顾蕴璞 译

---

* 这是莱蒙托夫对歌德抒情诗《一棵松树孤零零》的意译，他在第二次修改后离原诗更远，变成纯粹的创作。歌德那首诗的主题是恋人的离别，莱蒙托夫这首诗的主题则是人与人之间的隔膜。

最后的新居

(1841)

当着法兰西欢迎在苦闷的放逐中
戴着沉重的锁链、怀着无言的烦忧、
早已死去的那个人的寒冷的尸骨,
　　　而欢欣鼓噪狂呼的时候;
　　当着全世界用那恳切的赞美
来结束这为时已晚的悔恨和愧疚,
而那一帮沾沾自喜的狂妄的人群
　　　傲然地忘掉过去的时候——
我给了愤慨与感触以翱翔的自由,
看清楚了这些热烈的眷顾的虚假,
不自禁地想要对这伟大的人民说:
　　　这可怜而无聊的人们啊!
你们真可怜,因为信仰、光荣和天才,
一切,人间所有伟大的、神圣的一切,
你们带着无知、怀疑的愚蠢的嘲笑
　　　都任意践踏和加以轻蔑。
你们拿光荣做成了那伪善的玩具,

　　　　　拿自由做就刑吏手中的刀斧,
你们把祖先们的一切神圣的信仰
　　　　　举起刀斧,砍得影踪全无——
你们将要灭亡……他目光炯炯地到来,
　　神圣的手指引导着胜利前进,
而全人类的公断都认为他是领袖,
　　　　你们的生命集于他一身——
你们在他的荫庇之下又坚强起来,
而战栗的世界都在无言之中凝视
他给你们身上披挂起来的那一袭
　　　　　光荣强盛的奇异的法衣。
他,白发的亲兵的父亲,荣誉的爱子,
孑然一身,始终不渝而冷漠地走遍
那埃及的荒漠,恭顺的维也纳城下,
　　　　　火光冲天的莫斯科雪原。

而你们,请告诉我,这时在干些什么,
当他在远方将高傲地死去的时候?
你们却在摇撼着英明无上的权力,
　　　　　暗中磨砺着你们的匕首!
你们在拼死挣扎的最后的战斗中,
惊慌失措时也不认识自己的耻辱,
　　　你们像薄情的女子,背叛了他,
　　　你们出卖了他,连奴才都不如!
　　　他摘下破碎的冠冕,亲手摔掉,

被夺去公民的权利和公民的身份,
他把亲生的儿子①留给你们做人质——
　　　你们却把他交给了敌人!
那时从哀哭的亲兵那里带走英雄,
沉重的耻辱的锁链把他折磨致死,
在异域的悬崖上、在碧色的大海中,
　　　他为人忘却,孤寂地消逝——
　　他孤寂地困悫于无用的复仇,
　　困悫于无言而又高傲的哀伤,
像列兵似的,穿着自己的行军外套
　　　被漠不关心的手所埋葬……

　　　　*　　*　　*

但岁月逝去了,轻狂的子孙们叫道:
"给我们这神圣的尸骨!他是我们的;
　　现在要把伟大的田亩的种子
　　埋在他所拯救出来的围墙里!"
他回到自己的祖国;人们便疯狂地,
还像往日一般,在他周围熙攘奔突,
　　　而在喧嚷的首都,把他的残骸
　　　　安葬进那座壮丽的陵墓。
他们最后的希望终于胜利实现了!
人群,曾在他面前战栗过的人群啊,

～～～～～～～
①　亲生的儿子,指拿破仑和玛丽雅·露易莎唯一的儿子拿破仑二世 (1811—1832)。拿破仑失败后,他的儿子被送到奥地利,二十一岁时死在那里。

他们那短暂的欢乐犹如昙花一现，
　　　　带着自得的笑容践踏他。

　　　　＊　　＊　　＊

我不禁悲从中来，当我一想到现在：
　　打破了他周遭的神圣的寂静，
　　多少年来他在自己的荒野里
这般渴望的——正就是这平静与酣梦！
假如领袖的灵魂真的跑来看一看
他的尸骨安卧着的这座新的坟冢，
　　　　当他看见眼前的景象时，
　　　　愤怒将如何在心中沸腾！
他，困急于悲哀，将要怎样地怀想起
远方的天空下那座暑热的孤岛来，
在那里守卫他的是像他一样坚强、
　　　　一样伟大的无边的大海！

　　　　　　　　　　　　余　振译

"别了,满目垢污的俄罗斯"*
(1841)

别了,满目垢污的俄罗斯,
奴隶的国土、老爷的国土,
你们,卖身于权贵的人们,
还有你们,天蓝色的军服①。

或许在高加索山岭那边
我可以避开你们的总督,
避开那无所不闻的耳朵,
避开那无所不见的眼目。

余 振 译

---

* 一八四一年二月,莱蒙托夫曾请假回到彼得堡,不久突然接到紧急命令,限他在二十四小时内离开首都回到流放地。这篇诗就是他动身前写的,题在奥多耶夫斯基送给他的笔记本上。这是莱蒙托夫最有力、最大胆的一篇政治诗,反映了他对贵族治下的俄国切齿的憎恨,因此他去世后几乎半个世纪不能发表,并留下四个不同抄稿。

① 天蓝色的军服,指沙皇的宪兵。

悬 崖

（1841）

金色的彩云在巨人似的
悬崖的怀抱中歇过一宿；
她一早奔上自己的程途，
快乐地在那蓝天中漫游；

但在悬崖老人的皱纹中
留下一片湿漉漉的痕迹。
他孤独地站着，陷入沉思，
而在荒野中低低地哭泣。

余 振译

梦
(1841)

炎热的正午我躺在达格斯坦山谷,
胸膛中了铅弹,已不能动弹,
我的鲜血一滴一滴地流淌着,
深深的伤口上热气还在冒烟。

我独自躺在谷地的沙土之上,
重重的峭壁把我紧围在中央,
太阳炙烤着焦黄的崖顶和我,
但我酣睡着,仿佛死去一样。

我在此刻梦见在我的故乡,
正在举行灯火辉煌的晚宴,
在那披锦戴花的少妇中间,
讲到我时引起了一场欢谈。

但有一位少妇却独自沉思,
她没有参加这次欢快的谈论,
只有天知道是一种什么力量

使她年轻的心沉入忧郁的梦。

她梦见在那达格斯坦谷地，
一具熟悉的尸体横卧地上，
胸前发黑的伤口热气腾腾，
渐渐冷却的鲜血还在流淌。

顾蕴璞 译

"他们彼此相爱,那么长久,那么情深"*
（1841）

> 他们两人彼此相亲相爱,
> 但谁也不愿向对方表白。
>
> ——海涅①

他们彼此相爱,那么长久,那么情深,
怀着深深的萦念、疯狂激荡的热情!
但却仇人似的逃避着表白和相会,
他们短短的交谈又是空洞而冰冷。

他们在无言高傲的痛苦中分手了,
有时在梦寐中才见到可爱的形影。
死神来到了:地下有了见面的机缘……
但在新的世界里他们却彼此陌生。

余 振 译

---

* 这篇诗是海涅《诗歌集》中《他们两人彼此相爱,但谁也不愿意向对方表白》一诗的自由翻译,而且是第三稿。
① 原文为德文。

塔 玛 拉*

(1841)

在深深的达里雅尔峡谷
捷列克浓雾中发着吼声,
有座古老的宝塔耸立着,
山上闪着黑沉沉的孤影。

在那高高的逼仄的塔上
住着美丽的女皇塔玛拉:
她像天国的天使般美丽,
又像恶魔般狠毒而狡猾。

在那里透过午夜的浓雾
闪出一点金黄色的灯光,
它射入过往行人的眼中,
引起行人的投宿的思想。

---

* 这篇短歌取材于格鲁吉亚民间传说。传说女皇塔玛拉住在捷列克河上一个古塔里,每夜以魔力吸引一个旅人去她的塔中,第二天把旅人杀死,把尸首丢进捷列克河。

传来塔玛拉讲话的声音：
声音充满了热情与希冀，
其中包含着全能的魔法，
还有着某种莫名的权力。

士兵、商旅和牧人都奔向
这看不见的仙女的声音；
宝塔门在他们面前敞开，
阴郁的太监在门口欢迎。

她在柔软的天鹅绒榻上，
浑身珍珠宝石、锦绣衣裳，
等待自己的嘉宾。酒杯在
她面前发出咝咝的声响。

手和手热情地握在一起，
嘴唇和嘴唇紧紧地亲吻，
在那里整整一夜不停地
响着奇怪而粗野的声音。

仿佛成百个热情的男女
聚会到那荒僻的宝塔里
参加夜半中新婚的酒宴，
或是出殡的追荐的典礼。

但是清晨的朝霞刚刚地

把它的光辉投射到山顶，
在那宝塔里主宰一切的
霎时间变成昏暗与沉静。

在达里雅尔峡谷中只有
捷列克轰鸣着打破寂静；
水波追逐着又一个水波，
浪峰紧接着又一个浪峰；

峡谷中波浪呜咽地匆匆
带走了一个无言的尸身；
这时窗子里闪出个人影，
别了！——传出了这样的声音。

临别的语言是这般深情，
声音听起来是这般甜蜜，
仿佛是又已预先约定好
爱情的密约、欢会的幽期。

　　　　　　　　余　振译

叶

（1841）

一片橡树叶①离开了它的亲密的枝头，
为无情的风暴所追逐,飞向旷野荒丘；
它受尽寒暑困苦的摧残而枯萎凋零，
就这样地终于辗转漂泊到黑海之滨。

黑海岸上长着棵年轻的繁茂的白杨；
微风在抚摩着绿枝,正同它倾诉衷肠；
几只极乐鸟在碧绿的枝上来回晃动；
它们正在歌唱着这海上女皇的光荣。

漂泊者紧紧贴在高高的白杨树根旁；
它怀着深深的悲哀恳乞暂时的寄藏，
它这样地说:"我是一片可怜的橡树叶，
我未老先衰,我生长在那寒冷的原野。

---

① 在十八世纪末、十九世纪前半期俄国文学和欧洲文学中,"被风暴所追逐"的"树叶"被广泛地作为政治"放逐者"的象征。

"我独自茫然地在这世界上漂泊已久,
我凋残了,没有梦也没有安息的时候。
请你把这异乡客收留在你的绿叶间,
我知道不少稀奇的绝妙的故事美谈。"

"我要你有什么用?"年轻的白杨对它讲,
"你又脏又黄——怎能配我那鲜丽的儿郎?
你多闻多见——但我要你的故事干什么?
极乐鸟的聒噪早已折磨够我的耳朵。

"走你的路吧;啊,漂泊者!我不认识你呀!
太阳爱我,我为它而生长,为它而开花;
在这里我把我那树枝向着天空高伸,
而那寒冽的海水在冲洗着我的树根。"

余　振　译

"我独自一人出门启程"
（1841）

一

我独自一人出门启程，
夜雾中闪烁着嶙峋的石路；
夜深了。荒原聆听着上帝，
星星们也彼此把情怀低诉。

二

天空是如此壮观和奇美，
大地在蓝光幽幽中沉睡……
我怎么这样伤心和难过？
是有所期待,或有所追悔？

三

对人生我已经无所期待，
对往事我没有什么追悔；

我在寻求自由和安宁啊!
我真愿忘怀一切地安睡!

四

但我不愿做墓中的寒梦……
我是想永远这样地安息:
让生命仅仅在胸中打盹,
让胸膛起伏,微微呼吸;

五

让醉人的歌声娱悦我耳朵,
日日夜夜为我唱爱情的歌,
让那茂密的橡树长绿不败,
俯下身躯对着我低声诉说。

顾蕴璞 译

海上公主
（1841）

皇太子正在大海上洗马；
他听见："皇子！快看看我呀！"

马喷着鼻息，竖起了耳朵，
又向前走去，踢开了碧波。

他听见："我正是海上公主！
愿不愿同我把春宵共度？"

这时一只手从水中伸出，
把马笼头上的丝缨拉住。

接着钻出了年轻的头来；
一棵海草在辫发上簪戴。

蓝色的眼睛燃烧着爱情；
颈上水滴如珍珠般晶莹。

皇子想："好极了！等一等哪！"
他顺手抓住了她的头发。

有力的果敢的手抓住她：
她哭泣、她哀告、她又挣扎。

武士勇敢地泅到了海岸；
上了岸；大声地呼唤伙伴。

"勇敢的弟兄们，你们来呀！
看我的捕获物怎样挣扎……

"怎么都站着，吓成了那样？
没见过这样美丽的女郎？"

皇子回过头向后边一看：
哎哟！怔住了自己的两眼。

他看见，金色的沙上躺着
一个长着绿尾巴的海魔；

尾巴上被着长蛇的鳞片，
呆呆地颤抖着缩作一团；

头顶上涔涔地流着大汗，
两眼中蒙了层死的昏暗。

苍白的两手紧抓着细沙；
嘴里头不停地低声咒骂……

皇子跨上马沉思地走去。
永远忘不了海王的娇女！

　　　　　　　　　余　振 译

"不,我如此热恋的并不是你"
(1841)

一

不,我如此热恋的并不是你①,
你的芳姿对我啊失却了魅力;
在你身上我爱那往昔的惆怅,
和那早已消逝了的青春时期。

二

有时当我看着你的面庞,
盯着你的双眸久久地凝望,
此刻我在进行神秘的交谈,
然而并不是对你倾诉衷肠。

---

① 你,指莱蒙托夫的好友叶卡捷琳娜·格里高里耶芙娜·贝霍维茨(1820—1880)。她长得有点像瓦尔瓦拉·亚历山德洛芙娜·洛普辛娜。

三

我在和年轻时的女友畅叙情怀，
在你的面颊上寻找另一副面颊，
在健谈的嘴上寻觅沉默了的嘴，
在眼里探寻明眸熄灭了的火花。

顾蕴璞 译

先　知[*]

（1841）

自从永恒的法官给了我
先知的无所不晓的本领，
我便能从人们的眼神里，
发现写满的仇恨和恶行。

正当我开始宣布我那套
爱和真实的纯正学理，
我的亲友都很疯狂地
用石块向我乱掷一气。

我怀着极其悲哀的心情，
像个乞丐逃出了城市，
如今我已生活在荒野里，
好似禽鸟靠神餐布施。

---

[*] 这是莱蒙托夫写的最后一首诗，诗中继承并发扬了普希金和十二月党人的先知主题。

此地的生灵对我很恭顺，
它们仍遵循上帝的遗训；
星星都在聆听我的话，
快乐地拨弄着光的波纹。

然而当我仓皇失措地
穿过那个嘈杂的城市，
老人们带着庄重的笑容，
对着孩子们如此训斥：

"你们看：这就是前车之鉴！
他过去骄傲，跟我们不合群！
他真蠢，竟想要我们相信：
上帝通过他传自己的声音。

"孩子们，看看他的下场吧：
他多么消瘦、苍白和阴郁！
看他赤身裸体，一贫如洗，
大家又是怎样瞧他不起！"

顾蕴璞 译

"从那神秘而冷漠的半截面具下"[*]

(1841)

从那神秘而冷漠的半截面具下,
向我传来你欢快如幻想的声音,
你那迷人的眼睛朝我频送秋波,
你那狡狯的芳唇对我轻笑传情。

透过淡淡的轻烟我无意中看见:
你那童贞的双颊和白皙的脖颈。
多走运!还看见一绺调皮的柔丝,
它散离了自己嫡亲的发髻的波纹!……

此刻我便在自己的想象之中,
以轻淡的轮廓勾画我的美人;
从此以后我便在自己的心里,
珍藏、抚爱有灵无肉的幻影。

---

[*] 这篇晚期诗歌有别于诗人的早期诗歌,主题不是恋新,而是怀旧,怀念旧日恋人瓦尔瓦拉·亚历山德洛芙娜·洛普辛娜。

我总觉得,在那逝去的岁月里,
我似听过这娓娓动听的言谈;
有人还悄悄对我说:这次会面后,
我们将如故友重逢再次相见。

顾蕴璞 译

"我的孩子,你别哭,别哭"*
(1841)

我的孩子,你别哭,别哭,
他不值得你过分地伤心,
你信吧,他追求你纯属儿戏!
你信吧,他爱你是出于苦闷!
难道在我们的格鲁吉亚,
英俊的小伙子就如此稀少?
他们那乌黑的眼睛更明亮,
他们的黑胡子翘得更美妙!

命运把他从遥远的异邦,
突然带到了我们的家乡,
他追求荣誉,寻找沙场——
他与你有什么共同志向?
他曾经给过你一些钱财,
发誓说一辈子对你不变心,
他对你的温存很是喜欢——

---

* 这篇诗的内容与长诗《恶魔》和小说《当代英雄》都有相似之处。

可你的眼泪难打动他的心!

顾蕴璞 译

长　诗

沙皇伊凡·瓦西里耶维奇、年轻的近卫侍从和骁勇的商人卡拉希尼科夫之歌*

(1837)

啊,万岁沙皇伊凡·瓦西里耶维奇①!
我们已把我们的一首赞歌写出,
唱一唱你和你那个宠爱的卫士,
还有骁勇的商人卡拉希尼科夫;
我们谱写它用的是古老的格调,
我们歌唱它是用古斯里琴伴和,
我们讲得哀哀切切,又俏皮幽默。
东正教的信民们听得十分快乐,
贵族马特威·罗莫丹诺夫斯基,
给我们斟上了泡沫翻腾的蜜酒,
他那面孔白嫩的贵族夫人,
用个白银制的托盘递过来
一条崭新的刺绣的丝巾。
他们款待了我们三夜又三天,

---

* 莱蒙托夫在这篇长诗中以古讽今,为普希金因妻子受宫廷宠臣之辱而被逼决斗并在决斗中丧生一事申冤雪耻。

① 即伊凡四世(1530—1584),1547年起为俄国沙皇,史称伊凡雷帝。

他们听呀,听呀,总也听不厌。

一

不是红红的太阳在空中辉煌,
不是蓝蓝的云朵在赏玩着阳光;
那是威严的沙皇伊凡·瓦西里耶维奇
头戴金冠在餐桌前把佳肴品尝。
在他身后站着几个侍膳太监,
在他对面坐着列位王公和大臣,
在他两侧排满了他的各个卫士;
沙皇为了显扬那圣主的威名,
也为了自己取乐而设宴畅饮。

于是沙皇微笑着吩咐左右,
把那远洋运来的琼浆美酒,
斟进自己的镀金的长酒勺,
然后把它送近卫士们的口,
大家喝着,赞美皇恩的深厚。

他们这些卫士中只有一人,
英勇的武士,剽悍的好汉,
没把胡须在金勺里沾一沾;
他那忧郁的目光盯着地面,
他把头垂到宽阔的胸膛上,
在他胸中装着难排的欲念。

这时沙皇把乌黑的双眉皱起，
把他那锐利的目光向他投注，
仿佛一只鹞鹰从高空之上，
望见一只灰翅的小鸽在飞舞，
然而年轻的武士仍没有抬眼。
这时沙皇用手杖戳一下地板，
他用手杖上铁铸的尖头，
把橡木地板凿出两寸深的口，
到了此刻年轻武士仍没震惊，
于是沙皇说出了严厉的话，
此时这位好汉才如梦方醒。

"喂，忠实的奴仆，基里别耶维奇，
莫非你心中起了造孽的邪念？
莫非你已嫉妒起我们的荣耀？
莫非你对耿耿忠心感到厌倦？
月亮升起来，星星乐开怀：
能在云端的清光里徘徊；
哪一颗心若往乌云里藏躲，
它便飞快地向着地面陨落……
基里别耶维奇，你过于放肆，
竟然对皇家的欢宴如此厌恶；
你可是出自斯库拉托夫①家族，

---

① 马留金·斯库拉托夫(？—1572)，伊凡雷帝的近卫军将军。

在马留金家里才长大成熟!……"

基里别耶维奇施礼弯下腰,
对威严的沙皇这样回答道:

"我们的国君伊凡·瓦西里耶维奇!
你可不要斥责你这不肖的奴仆:
美酒也浇不灭我这火辣辣的心愁,
欢宴也没法把痛苦的思念驱除!
我冒犯了你,按圣意处置我吧:
可以绞死我,可以砍我的脑袋,
它压着壮士肩膀成了累赘,
它自己就想进潮湿的黄土掩埋。"

于是伊凡·瓦西里耶维奇对他说:
"年轻的壮士,你到底在愁什么?
莫非是你那锦缎外套已经穿破?
莫非是那黑貂皮帽已满是皱褶?
莫非是你的俸金已经花个精光?
也许是你那锋利的军刀崩了口?
也许是你骏马打歪了掌不好走?
也许是商人的儿子在莫斯科河畔
一次拳斗中打倒你让你丢了丑?"

摇了一摇满头鬈曲的柔发,
基里别耶维奇便这样回答:

"无论是贵族之家,或是商贾门庭,
还没降生出一个降得住我的人;
我骑坐的草原骏马奔跑得很欢,
锋利的军刀就好像玻璃般晶莹;
而在喜庆的日子里蒙你的洪恩,
我盛装打扮并不比别人差几分。

"每当我跨上我那剽悍的骏马,
一溜烟地往莫斯科河对岸飞跑,
身上我用绸缎腰带扎着腰,
头上歪戴着一顶天鹅绒的
两边镶着乌黑貂皮的暖帽——
在两旁那些木板房的门旁,
总有不少美丽的少女和少妇
在交头接耳地把我啧啧赞赏;
只有一人不打量、不羡慕我,
在条纹头纱下面把自己掩藏……

"在祖国母亲神圣的俄罗斯,
无处去寻找如此美丽的女郎:
她走路轻盈,宛如小天鹅,
她顾盼多情,仿佛像乳鸽;
她开口说话,似夜莺歌唱,
她那红脸蛋是那样的鲜艳,
犹如朝霞在天空放射光芒;

她那镀了金似的棕黄发辫,
用两条绚丽的缎带编扎,
弯弯曲曲地顺肩膀垂下,
像在亲她那洁白的胸脯。
她出生在一个商人之家,
名叫阿莲娜·德米特里耶芙娜。

"我一看见她,就心猿意马:
有力的臂膀直往下耷拉,
炯炯的目光变得阴凄暗淡,
东正教的沙皇啊,我独自
在尘世度日好不心烦意乱。
飞快的骏马我不觉得新鲜,
锦绣的盛装已经使我生厌,
我也不想要那些金银财宝:
如今我同谁去分享这财产?
我又向谁显美自己的骁勇?
我又向谁把戎装炫耀一番?
请放我到伏尔加河畔草原,
去过一过哥萨克的自由生活,
让我在那异教徒的刀枪下,
抛下我的这颗强悍的头颅;
让那凶恶的鞑靼人去分享
这上好的骏马、锋利的马刀,
还有契尔克斯征战的马鞍。
让老鸢啄掉我这双泪眼吧,

让冷雨洗刷我这伶仃骸骨,
让我这堆无人收殓的残骸
随着劲风吹散失落到各处!……"

伊凡·瓦西里耶维奇笑笑说:
"你听我说,我忠实的奴仆,
我设法解除你的不幸和痛苦。
你把我的红宝石戒指拿去,
你把我的珍珠项链也拿去。
你先向那乖巧的媒婆施个礼,
再请她把你这珍贵的礼品
送给阿莲娜·德米特里耶芙娜:
要是把你看上,马上就庆婚,
如果看不上你,也不要气愤。"

啊,万岁沙皇伊凡·瓦西里耶维奇!
你的狡猾的奴仆蒙骗了你,
他没有对你说出其中实情,
他没有告诉你,这个美人
已经在天主的教堂里完婚,
依照我们基督教的教规,
行过婚礼嫁给年轻的商人……

* * *

哎,小伙子,唱吧,先定好琴弦!
哎,小伙子,喝吧,别灌得烂醉!

可得让善良的贵族老爷乐一下子,
也让面孔白嫩的贵夫人得点快慰!

二

在柜台旁坐着一个年轻的商人,
体态端正的斯捷潘·巴拉莫诺维奇,
他家姓的是卡拉希尼科夫,
把各种丝绸的货物都摆到货柜里。
他用和颜悦色把顾客招徕,
无数的金币银币源源而来。
可这天碰上了倒霉的日子:
阔绰的贵人们走过他门前,
往店铺里连看都不看一眼。

圣洁的教堂里已鸣钟晚祷,
晚霞在克里姆林宫后燃烧;
乌云从各处突然聚到天顶,
是暴风雪呼啸着驱赶它们;
宽阔的市场上已人去地空。
斯捷潘·巴拉莫诺维奇关了店,
用德国弹簧锁锁了橡木大门;
他用一根铁链拴住了
那只龇着尖牙的恶狗,
于是回家去看年轻的主妇,
深思地往莫斯科河对岸走。

可刚走到自己高大的住宅门前,
斯捷潘·巴拉莫诺维奇心里纳闷:
他那年轻的妻子没有出门相迎,
橡木桌还没用白桌布铺盖,
圣像前的烛光也没精打采。
他便呼唤起年迈的女仆:
"叶列梅叶芙娜,你快告诉我,
阿莲娜·德米特里耶芙娜
这么晚到底上哪儿去啦?
我的宝贝孩子们又怎么啦——
兴许他们跑累了,玩累了,
已经早早上床去休息了吧?"

"我的主人斯捷潘·巴拉莫诺维奇!
我告诉你一件离奇古怪的事:
阿莲娜·德米特里耶芙娜做晚祷去了;
可是牧师和年轻的太太走过回家去了,
他们已掌上了灯,坐下来用晚饭——
可是已经到这时候你的女当家的
竟还没有从教堂里往回转。
至于说你的那些小宝宝嘛,
他们没躺下睡觉,也没出去玩耍,
老是哭哭啼啼的,拿他们没办法。"

年轻的商人卡拉希尼科夫

顿时变得十分忧虑和惶惑;
他站到窗前,向外探望,
外边是一派深沉的夜色;
白雪纷飞,铺天盖地,
把行人留下的足迹淹没。

他听得廊下砰的一声关了门,
接着又听见急匆匆的脚步声;
他转身一看,哟,我的上帝!
他年轻的妻子在他面前呆立,
她面色苍白,头巾已丢失,
那浅棕色的发辫散乱如麻,
上面落满了白霜般的雪花;
混浊的眼睛望着如呆似傻,
嘴里絮叨着令人莫解的话。

"我的妻,你是在哪里游逛?
在哪家客店,在哪个广场?
你的头发怎么这样蓬乱?
你的衣服怎么撕成这样?
你别是跟贵族的公子哥儿
勾勾搭搭,花天酒地! ……
妻啊,你我在圣像面前
交换戒指,举行婚礼,
难道就是为的这个目的……
我定要把你关进铁皮大门,

用一把铁锁把你锁住,
不让你再看见花花世界,
不让你再把我的名声玷污……"

阿莲娜·德米特里耶芙娜听完话,
我们这可爱的人儿啊浑身发抖,
仿佛一小片白杨树叶战栗着,
她失声痛哭,眼泪直流,
跪在丈夫跟前低下了头。

"我的当家的,你是我最亲爱的人,
要么你杀了我,要么把话听完!
你说的话像一把锋利的尖刀;
听了它我仿佛快要撕心裂肝。
我不害怕惨死暴亡,
我不害怕流言风传,
只是害怕恩绝情断。

"今晚我做完了晚祷,
沿大街孤零零一人回家来,
忽听得雪地上咯吱咯吱响;
回头一看,有个人追过来。
我给吓得两腿直发软,
用蒙面的丝巾捂住脸。
那人使劲拽住我两只手,
悄声细语地对我开了口:

'标致的美人,你何必惊慌?
我不是骗子,也没在林中杀人,
我是沙皇伊凡雷帝的侍从,
出身在马留金高贵的门庭……'
我一听更加心慌意乱;
我这可怜的脑袋吓得发晕。
他动手动脚,又亲又摸,
一边亲着我,一边对我说:
'我亲爱的,我的宝贝,
回答我吧,你要什么!
你想要黄金,还是要珍珠?
要绚丽的宝石或五彩的织锦?
我要把你打扮得赛过皇后,
人人都会羡慕你交上好运,
但求你别把我活活折磨死:
亲一亲我、抱一抱我吧,
哪怕作为赠别一次也行啊!'

"他缠住我不放,硬是亲我;
直到如今他那讨厌的吻,
似一团不减当年威力的火焰,
还在我面颊上烧灼不停。
街坊四邻都从门里往外看,
用指头指着我们笑个没完……

"我使劲从他手里挣脱身,

拔腿就朝着咱们家飞奔;
你送给我的那块花边头巾,
连同那块布哈尔产的头纱
都从此落入了强盗手中。
他使我这个清白的诚实人
蒙受耻辱,把脸丢尽——
饶舌的街坊会怎么数落我?
我现在还有什么脸见人?

"你可别把你的忠贞的妻子
拱手交给恶毒的诽谤者作践!
除了你,我还能指望谁呀?
除了你,我还能向谁求援?
在这世上我是孤女一个;
我爸爸早已在黄泉安眠,
我妈妈也已躺在他身边;
我的哥哥,你是知道的,
流落在他乡,无影无踪,
我的弟弟却还是个孩子,
还是个不懂事理的顽童……"

阿莲娜·德米特里耶芙娜这样说,
伤心的泪水从脸上簌簌地滚落。

这时斯捷潘·巴拉莫诺维奇
派了人去找他的两个弟弟;

他的两个弟弟来了施个礼,
对他讲了这么一番话语:
"我们的大哥,你告诉我们吧,
你出了什么事,发生什么意外?
怎么在这样寒冷的黑夜,
你派人找我们上你这里来?"

"可爱的弟弟们,我要告诉你们,
我发生了一件非常不幸的事情:
凶恶的宫廷卫士基里别耶维奇
玷污了我们这个正派的门庭;
心儿怎么受得了这样的侮辱,
好汉的心更是无法对它容忍;
在莫斯科河畔,在沙皇御前,
一场拳斗就要在明天进行,
到那时我就要向卫士挑战,
我要豁出去跟他拼上一拼,
若是他打败了我,你们就
站出来,别怕仗义舍身。
可爱的弟弟们,不要怯阵!
你们朝气勃勃,比我年轻,
你们身上没有多少罪孽,
也许上帝还能保佑你们!"

两个弟弟这样回答他的话:
"风儿在云端里吹向何方,

顺从的云朵就朝哪里飞翔,
如果灰蓝的山鹰呼唤小鹰,
它向血淋淋的山谷飞去,
呼唤它捡拾死尸宴餐一顿,
小鹰总会朝着这宴席飞行。
你是我们长兄,好比父亲;
你想怎么做就怎么做去吧,
我们决不会出卖你这亲人。"

* * *

哎,小伙子,唱吧,先定好琴弦!
哎,小伙子,唱吧,别糊涂烂醉!
可得让善良的贵族老爷乐一下子,
也让面孔白嫩的贵夫人得点快慰!

三

在金顶如林的伟大莫斯科上空,
在克里姆林宫白白色的宫墙之上,
从遥远的森林和叠翠的群山背后,
徐徐地升起了一片鲜红的霞光。
霞光在一座座木板房顶上荡漾,
把灰色的云朵向四面八方驱赶;
霞光披散开它头上的金色鬈发,
用松软的白雪洗着自己的粉脸,
它笑容可掬,凝望纯净的天空,

就好像美人儿对镜子顾影自怜。
鲜红的朝霞啊,你为什么苏醒?
是什么样的喜事使你流连忘返?

莫斯科的剽悍非凡的武士们
从各方来到这里,荟萃群英,
来参加莫斯科河畔的拳斗,
为祝贺喜庆而畅饮尽兴。
沙皇来了,带着他的侍从,
带着许多卫士和御前官员,
他吩咐拉起那用纯金焊接的
一环扣一环的白银的长链。
这时已为自愿参加的单人拳斗
圈好了方圆二十五沙绳的地盘。
于是沙皇伊凡·瓦西里耶维奇
吩咐用洪亮的声音呼喊:
"喂,真正的好汉,你们在哪里?
快让我们的沙皇陛下解解闷,
走出来跨进这宽阔的拳斗场,
谁打败了对方,沙皇给他奖赏!
谁被对方打败,上帝对他原谅!"

骁勇的基里别耶维奇走了出来,
默默地向沙皇躬身施了个礼,
从强壮的肩头脱下天鹅绒皮袄;
他将右手在自己腰间叉好……

又用另一只手整整大红皮帽,
他等候着对手和他交锋……
场上已是一连三遍地大声呼喊——
可是没有一个士兵挪动一下,
只是你推我、我推你停步不前。

卫士在空旷的场地来回走着,
不住地取笑这些蹩脚的战士们:
"看来你们都学乖了,不肯冒失了!
好吧,看节日面上,我担保:
只要求饶,我就留你们一命,
全是为给咱们沙皇陛下解闷。"

突然间人群退向两边让出条路,
斯捷潘·巴拉莫诺维奇走出比武,
这是个年轻的商人、骁勇的壮士,
他的姓就叫卡拉希尼科夫。
他先向严峻的沙皇躬身施礼,
再向白色克里姆林宫和神圣教堂,
最后向全体俄罗斯人民致意。
他那雄鹰般的眼睛宛如火焰,
穷追不舍地盯着卫士细瞧。
他走到面对卫士的地方站着,
一边戴起了拳斗用的手套,
他舒展了一下厚实的肩膀,
并且把那蓬乱的胡须理好。

于是基里别耶维奇就说:
"真正的好汉,快告诉我,
你出生在哪个家族和门庭,
人家管你叫什么尊姓大名,
也好让我知道超度谁上西天,
也好让我有点夸口的资本。"

斯捷潘·巴拉莫诺维奇回答道:
"我叫斯捷潘·卡拉希尼科夫,
我生在一个正派人家里,
我恪守着上帝的金科玉律:
我没有侮辱过别人家的妻子,
我没有在漆黑的夜间抢劫掳掠,
没有在光天化日躲在阴暗角落……
你说了句千真万确的话:
迟不过明天正午的时候,
我要为我俩中的一个超度;
我俩中的一个就可以夸口,
和骁勇的朋友同饮庆功酒……
而今我这异教徒之子朝你走来,
不是闹着玩儿,随便逗逗,
而是参加一场殊死的搏斗!"

基里别耶维奇听了这番话,
顿时脸色刷白,仿佛秋雪骤降;

机灵的眼珠开始变得迷茫,
一股寒气掠过两只有力的肩膀,
话到张大的嘴边却没有声响……

这时两人默默无语地退去,
一场壮士的格斗就此开始。

于是基里别耶维奇抡起拳头,
劈头先朝卡拉希尼科夫狠揍,
打中了他胸膛正中的地方,
年轻的胸膛上便啪的一响,
斯捷潘·巴拉莫诺维奇晃了晃;
在他那宽阔的胸脯上佩着一枚
基辅造的带有圣徒死尸的十字架,
十字架被打弯后扎进了胸膛;
鲜血像露珠从十字架后滴淌;
于是斯捷潘·巴拉莫诺维奇想:
"若已命中注定,无法逃脱厄运;
为了公理我要战斗到最后一瞬!"
他巧用有利的时机抡起拳头,
鼓足了全身所有的力气,
朝着他的死敌狠狠地揍去,
从上往下击中左太阳穴区。

年轻的卫士轻声地呻吟,
摇晃起来,倒下就咽了气;

他倒在了寒冷的雪地上,
倒在寒冷的雪地,像小松倒毙,
像湿润的松林中一棵小松树,
淌着树脂的根部吃了一刀倒在地。
伊凡·瓦西里耶维奇看到这里,
怒气冲天,用脚跺了跺地,
他皱起他那黑黑的浓眉;
他下令逮住这骁勇的商人,
把他带到自己跟前罚跪。

东正教的沙皇劈头就问:
"你给我凭良心从实招认,
你打死我的忠实的仆人,
我最好的战士基里别耶维奇,
是出于无意,还是有心?"

"我告诉你吧,东正教的沙皇:
我打死他是出于有心,
为了什么,我不对你说,
我只告诉上帝一个人。
你下令对我处以极刑吧——
快把我罪孽的头送上断头台;
但求你开开恩照顾我的小孩,
照料我那年纪轻轻的寡妇,
也请把我的两个弟弟安抚。"

"骁勇的战士,商人的儿子,
好孩子啊,会有你的好处,
既然你凭良心把实情招出。
我要从国库里拨出款项,
把你年轻的孀妻和孤儿抚恤,
我允许你的弟弟从今天起,
在整个辽阔的俄罗斯帝国,
可以不用上捐纳税做生意。
好孩子,你就走你的吧,
走上那高高的断头台,
把你强悍的头颅割下来。
我吩咐把斧子磨得快一点,
再吩咐让刽子手穿上盛装,
再下令把那口大钟敲响,
以便让所有莫斯科人都知道,
就连你也能沾我皇上的光。"

当人们正在广场上聚集,
凄凉的钟声在低沉地哀号,
把不幸的消息向各处传告。
刽子手顺着那高高的断头台,
兴高采烈地走过去,走过来,
他身穿一件袖扣鲜艳的红衬衣,
把一辆锋利的大斧握在手里,
不时揉搓着卷起袖子的双臂,
他等待骁勇的战士去伏法,

那剽悍的战士,年轻的商人,
却在和弟弟说着诀别的话:

"你们,我的弟弟啊,我的胞弟,
让我们彼此再亲一亲,抱一抱,
把兄弟诀别的情意表一表。
替我问候阿莲娜·德米特里耶芙娜,
嘱咐她不要为我过分地伤心,
也不要对孩子们提起我的事情;
可替我向我的祖屋问一声好,
可替我向我的同伴们致敬,
你们自己在神圣的教堂祈祷时,
可也让我罪孽深重的灵魂超升!……"

于是斯捷潘·卡拉希尼科夫,
便在耻辱的极刑下被杀戮,
他那颗不幸的头颅滚下来,
鲜血淋淋地躺倒在断头台。

他被埋葬在莫斯科河对岸,
在图拉、梁赞、弗拉基米尔
这三条在野外交叉的大路口,
就在这里垒起湿润的坟丘,
把枫木的十字架竖在坟头。
在这块无名无姓的基地之上
阵阵劲风常常呼啸、遨游;

善良的人们路过时莫不停留:
老年人走过时总要画个十字,
年轻人走过时个个毕恭毕敬,
少女走过时不由得伤心落泪,
古斯里琴师走过时悲歌声声。

喂,你们,骁勇的小伙子们,
年轻的古斯里琴师们,
声调悠扬的歌手们!
开头唱得挺好,就善始善终吧!
请你们用真话和荣誉答谢每个人,
　　光荣归于慷慨的大臣!
　　光荣归于美貌的贵夫人!
　　光荣归于全体东正教的人民!

　　　　　　　　　　顾蕴璞　译

童 僧*

（1839）

> 吃点蜜尝尝味道，我就可以死了。
> ——《撒母耳记》（上）①

一

在距今年头不多的从前，
曾经坐落过一座修道院，
在阿拉瓜和库拉两河合流，
宛如姊妹般拥抱的地段。
如今行人若置身于山外，
残门的圆柱仍依稀可见，
三五处塔楼犹自兀立，
教堂的圆顶也映入眼帘。
但修道院不再香烟缭绕，

---

* 标题原文用格鲁吉亚词语的译音"姆采里"，是"不做法事的和尚"之意，类似"见习修道士"的职称。为晓畅起见，用"童僧"似更好。此诗取材于真实故事。

① 系《圣经》中的一个章节。

听不到僧人们深夜祈祷。
只剩下一个白发老翁——
半死不活的破寺看门人——
虽已被活人和死神忘却,
但仍在扫除墓石上的飞尘,
墓碑上记叙着往昔的荣耀——
某某皇帝在某某年份,
对自己的王冠感到厌倦,
便把百姓交给俄罗斯人。

上帝的恩泽降临格鲁吉亚!
格鲁吉亚从此兴旺发达,
像在自己花园怒放鲜花,
在这友善的刺刀的屏障后,
对来犯之敌不感到惧怕。

二

有一天一个俄国的将军,
从山里向梯弗里斯赶程,
他带着一个俘获的孩子,
小孩在半路上得了重病——
受不了长途跋涉的苦辛。
他看上去有六七岁光景,
如山中羚羊,胆怯而粗野,
又宛似芦苇,纤弱而柔韧。

但他身上难耐的病痛，
激起他先辈不屈的精神。
他一直受着痛苦的折磨，
可是从来不怨天尤人，
嘴里没哼出过一声呻吟，
他摇摇头不愿意再进食，
安详地高傲地静候死神。
有一个僧人以慈悲为怀，
把他收留在寺院里照看，
病孩在四壁的保护下调养，
友爱居然搭救他脱了险。
他没有尝到童年的乐趣，
起初见到人总是躲开，
他望着东方，长吁短叹，
孤独地、默默地徘徊，
一种不可名状的乡愁，
常常萦回在他的心头。
后来他习惯于困居寺院，
开始懂得了异邦的语言。
神父便对他做过了洗礼，
花花世界他还见所未见，
却要在这似锦的年华里，
就立下出家为僧的誓言。
在一个秋夜他突然失踪，
四周围环抱着崇山峻岭，
山上布满了茂密的森林，

一连三天去把他搜寻,
结果仍不见他的踪影。
在草原发现他已不省人事,
重又把他抬回修道院;
他面色苍白,瘦骨嶙峋,
仿佛他经受长期劳累,
忍饥挨饿或身患重病。
左盘右问他拒不开口,
朝朝暮暮他日见消瘦。
眼看他死期已经快到,
于是一个修道士走来,
又是规劝,又是祷告,
病人矜持地听完祈祷,
强打起最后一点精神,
欠身滔滔不绝地说道:

三

"你来这里听我的忏悔,
我感激你的一番美意,
对人倾诉情怀总好些,
能减轻我心头的积郁。
不过我没有干过坏事,
所以若了解我的作为,
对你们没有多大益处。
心事怎能用言语倾诉?

我的命短,又身陷囹圄。
我若能重新安排运命,
定要用两次这样的生涯,
换取那饱经忧患的一生。
只有一个念头主宰我,
一种激情,烈焰般的激情,
它像条蛀虫孳生在我体内,
咬碎了、烧焦了我的心灵。
它曾经呼唤我那些幻想,
从令人窒息的祈祷的禅堂,
飞向那忧患和搏斗的好地方,
在那里,峭壁高耸入云,
在那里,人们自由如鹰,
我用泪水和忧思作代价,
在沉沉黑夜培育了这激情,
如今我对着苍天和大地,
要高声把我这心迹披露,
决不祈求上帝的宽恕。

四

"长老!我多次听人说起,
是你救了我,我才免早亡,
何必呢?……我像被暴雨打落的
一片小树叶,孤独又忧伤,
我在这阴森森的高墙里长大,

孩子的气质,僧人的命运。
我对任何人都不能说
圣洁的字眼"父亲"或"母亲"。
长老,当然你想让我
在这修道院里永远忘记
这两个令人心醉的字眼,
你这可是枉费了心机:
这声音随着我呱呱坠地。
我眼见着别的人都有
祖国、家园、好友和至亲,
我却不但找不到亲人,
甚至找不到他们的坟茔!
于是,为了不空洒泪水,
我在心中立下了誓言:
总有一天,哪怕只一刹那,
也要把自己燃烧的心房
紧紧贴上另个人的胸膛,
唉!如今我这些幻梦
昙花一现后就再无踪影,
我生为异乡的奴隶和孤儿,
死作囚中的鬼奴和孤魂。

五

"坟墓不叫我胆战心惊,
据说在冷漠的永恒的静谧里,

痛苦自然地就会沉睡,
但诀别人生我感到惋惜。
我年纪还很轻很轻……
青春时你可曾有过幻梦?
你也许不知,也许已忘怀:
曾如何地恨,曾如何地爱;
当你从那高高的角塔上,
望见太阳和原野的景象,
你的心怎样欢快地跳荡?
在角楼里空气清新异常,
有时一只乳鸽飞来,
谁也不知它来自何方,
它被雷雨惊得蜷缩着,
在深深的墙洞里躲藏。
如今纵然这美妙的世界
再也唤不起你的热情:
你头白体衰,别无向往。
这何妨?长老,你饱尝了人生!
有多少沧桑你正可忘掉,
我若像你一样生活过有多好!

六

"你知道我出去后见到什么?
我看见田野是那样肥沃,
我看见山岗上林木满坡,

茂密的树冠把岗顶掩没,
清新的树群沙沙作响,
仿佛一群人起舞婆娑。
我看见一堆堆幽暗的山岩,
被山洪冲散了相依的姻缘,
我猜透巨岩的离情别思……
这是上天给予我的启示!
崖岩早就在高空之中,
张开了它们巨石的臂膀,
时刻都盼望着相会成双;
然而岁月不停地奔流,
它们永远也无法聚首!
我看见连绵不断的山岭,
稀奇古怪,有如幻梦,
一座座高峰矗入青霄,
在霞光中像千百个祭坛,
上面时时有青烟缭绕,
一片片白云追逐不息,
离开自己神秘的宿夜地,
迈开大步向东方迅跑,
有如一群白色的候鸟,
来自异国他乡的远道。
透过弥漫的云雾我望见:
在金刚石般闪耀的雪山中,
白头的高加索正屹立不动;
此刻我不知因为什么,

心头早变得轻松快乐。
一个神秘的声音对我说:
我也曾在那里生活过,
于是,往事愈来愈清晰,
一幕幕浮现在我的脑际……

七

"我回忆起老家的房屋,
回想起了我们的山谷、
那散落在翠绿丛中的山村,
我恍惚听到在黄昏时分
那马群归厩的嗒嗒蹄音、
熟悉的家狗的隐隐吠声。
我想起脸色黝黑的长者
趁着夜晚皎洁的月光,
围坐在祖居的台阶之前,
神态是那样的严肃端庄,
那长剑的精心雕镂的花鞘
光彩熠熠……这一切突然间
一幕接一幕地掠过我眼前,
影影绰绰,如迷梦一般。
我的父亲么,栩栩如生,
披着战袍出现在我面前:
他的铠甲仍铮铮作响,
他的刀枪仍寒光闪亮;

两道高傲而倔强的目光。
还记得年轻姐妹的面庞:
仿佛她们明眸里的光芒,
仿佛她们的欢歌和笑语,
都在我的摇篮上方荡漾……
还想起在谷地奔流着山涧,
哗哗地喧响,却那么清浅;
每当烈日炎炎的晌午,
我常到金灿灿的沙岸游玩。
我两眼紧盯着飞燕的行踪:
山雨欲来前在盘旋低翔,
翅膀拍打着激流的波浪。
还想起我们静穆的房舍,
傍晚我们围炉火而坐,
听着没完没了的故事——
从前的人们是怎样生活,
那时的人间更热闹得多。

八

"你想知道我出去后的作为?
我有了生活,我的岁月,
若没有这三个幸福的昼夜,
会比你那老迈衰朽的残年,
还更加冷清,还更为凄惨。
我很早就想眺望一下,

遥远的田野是什么景象,
想知道人间是不是美好,
想知道我们降生到人世,
为享受自由还是为坐牢。
于是,在一个可怕的夜间,
雷雨叫你们魂飞魄散,
你们匍匐在神坛之前,
我便在此刻逃出寺院。
啊!我真愿如兄弟一般,
和暴风雨拥抱在一起,
抬眼注视乌云的行踪,
伸手捕捉电光的足迹……
你说说看,在这高墙里,
你们能给我什么东西,
来顶替壮心与雷电之间
这种短暂却动人的友谊?

九

"我跑了很久,但不知道,
我在哪里,到哪里去?
没有一颗星照亮这险途。
我把夜林中的清新气息
吸入我疲惫已极的胸膛,
除此我还有什么奢望!
一口气我跑了好多个钟头,

最后我实在困乏不堪,
便躺在高深的草莽中间,
我侧耳倾听,已没人追赶。
雷雨停了。一道淡淡的光,
仿佛一条长长的缎带,
伸展在昏暗的天地之间。
缎带上宛若巧手奇绣,
我认出是峰峦起伏的远山;
我默默躺着,没有动弹。
山谷中不时传来了狼嚎,
犹如小孩子又哭又叫喊;
一条蛇游过乱石中间,
光滑的银鳞一闪一闪,
但恐惧没有笼罩起我心房,
我也似野兽,与世隔绝着,
也像条蛇,又爬行又躲藏。

十

"在我身下的万丈深谷,
有一条山涧正奔腾喧响,
暴风雨后水流更湍急,
浑厚的喧声似百人怒嚷。
虽说那不是人间的语言,
我却听得懂它无尽的幽怨,
它那同倔强的岩石的对谈,

它们间没完没了的争辩；
山涧时而突然静息，
时而划破寂静更喧响；
在那云雾迷漫的高空，
小鸟开始欢快地歌唱，
东天放射金色的霞光；
微风吹动湿润的树叶，
梦中的鲜花飘来芳香，
我也像那些花儿一样，
昂起头来去迎接白天……
我向四周环顾一下，
说真的，顿时毛骨悚然——
我躺在万丈深渊的边缘，
在这里，怒涛呼啸飞旋；
到这里，要下层层峭岩，
只有从天国贬谪的恶魔
才打从这些峭岩而下，
消失在地下的万丈深渊。

十一

"我的周围是春色满园，
草木五彩缤纷的衣衫，
还保留着上苍的泪痕斑斑，
葡萄藤似鬈发绕树身盘旋，
以它那碧绿透明的嫩叶，

在树丛炫耀自己的艳妆；
宛若一个个名贵的耳环，
藤条上垂挂着葡萄串串，
时而有一群胆怯的小鸟
飞向这葡萄串的附近。
我又把身子贴着地面，
重又屏息凝神地谛听
种种神奇而古怪的声音；
这声音在枝间悄然细语，
仿佛正在详细诉说着
天国和人间的一切奥秘；
自然界的万千种天籁，
这时都融成浑然一体；
在这一片庄严的赞声里，
唯独不闻人的高傲话语。
那时我的感触和随想，
到如今都已事过境迁，
可是我多么想再讲一遍，
哪怕让往事复活在心田。
那天清晨，天空真晴朗，
如果定睛注视着天空，
可以看得见天使的飞翔；
天穹竟深邃得那样透明，
蔚蓝的色调竟如此和匀！
我的两只眼睛一颗心，
对着这天穹如醉似痴，

直到酷热驱散了这遐想，
我开始渴得难受不止。

十二

"于是我从山巅朝着山涧，
两只手攀着柔枝的梢头，
走下一级又一级的石板，
我壮着胆子往谷底直走。
岩石时而从脚下滑落，
留下一道深深的痕迹，
尘烟天柱般腾空卷起；
飞石噼啪响，蹦逃迅跑，
最后被波涛一齐吞掉；
我高悬在万丈深渊上空，
但奔放的青春力大无穷，
我连死亡都不放在眼中！
我方从陡峭的山巅走下，
涧水散发的清新气息
迎面扑来，吹进我胸怀，
我贪婪地朝波涛俯下身来。
突然听到轻盈的脚步声……
霎时间我忙躲进了树丛，
不由得打了一个寒噤；
我抬眼投去畏怯的目光，
迫不及待地屏息倾听：

一个格鲁吉亚少女的声音,
越传越近,越传越近,
那声音是这般淳美热情,
那声音是如此清脆动听,
仿佛它生来只学会了
呼唤自己亲近的人们。
她唱的不过是平常的歌,
却深深铭刻在我的心上。
每当黄昏的时分来临,
无形的精灵就把它歌唱。

十三

"一个格鲁吉亚少女,
手扶着顶在头上的水罐,
顺窄狭的小道走向岸边,
她不时在乱石间跌跌撞撞,
笑自己走得踉踉跄跄。
她的穿戴一点不鲜艳,
她的步履是那样自然,
她把长长披纱的飞边
撩了起来,甩到后面。
炎阳用一层金色的光罩
将她的面庞和胸脯盖起,
她脸颊滚烫,口喘热气。
那乌黑的双眸是那样深邃,

是那样充满神秘的情爱，
竟使我的春心无法按捺。
如今我只记得涧水慢慢地
注进水罐的咕嘟的声音，
她还簌簌地牵动着衣襟……
其余的一切，我已记不清。
等明白过来，如梦方醒，
我热情稍退，心境初定，
她已经离开我很远、很远；
她走得缓慢，却步态轻盈，
她顶着重物，仍苗条动人，
俨如旷野之王白杨的姿影！
在不远的清冷的烟雾里，
有两栋小房傍山而立，
像一对情侣紧相偎依；
其中一栋的平顶之上，
缭绕着袅袅的蓝色炊烟。
如今我仿佛仍能看见：
那小房的门轻轻地开了，
随后重又轻轻地关上！……
我知道你怎么也不会理解
我的相思、我的哀伤；
倘若你明白，我反觉惋惜，
最好让我心中这段回忆
连同我的肉体一道死去。

十四

"夜间的劳顿令人疲惫,
我便躺倒在树荫下面,
美梦不由得合上我的眼……
于是我又一次在梦中看见
那位格鲁吉亚少女的倩影。
一种奇异的、醉人的相思,
使我的心又开始隐隐作痛。
我久久挣扎着,想喘口气,
终于我从梦中苏醒。
明月当头照,泻下银辉,
只有一朵云在月后紧追,
好像张着那贪婪的臂膀,
悄悄地把它的猎物追赶。
世界黑漆漆,万籁无声,
唯有那连绵不断的雪峰,
个个戴着银白色的帽缨,
在远处闪光,映入我眼帘,
还有那激流拍打着河岸。
在那似曾相识的小屋里,
灯光时而摇曳,时而消失……
正像一颗亮晶晶的星星,
在夜半的天空里渐渐熄灭!
我真想……但攀登上去又不敢。

我只怀着一个心愿——
一定要奔回自己的故乡——
于是我使出了浑身的解数,
强忍着饥饿带给我的痛苦。
我便沿一条笔直的道路,
胆怯而默不作声地起步,
但很快在那密林深处,
再也不见那些山峦,
这时我便开始迷路。

十五

"有时我简直像发了疯,
绝望中徒然地伸出了手,
去撕扯缠满藤萝的荆棘。
四周的森林没有个尽头,
越来越可怕,越来越稠密;
沉沉的黑夜宛若睁大了
成百万只黑洞洞的眼睛,
透过每个树丛窥视探寻……
我的头已经开始发晕,
我爬上参天大树的冠顶;
但即使望着遥远的天际,
仍只见高低错落的层林。
这时候我跌倒在地,
如痴如呆地大哭一场,

我啃着大地湿润的胸脯,
泪水不停地往下流淌,
就像苦涩的露珠一样……
相信我:我没有盼人援救,
我永世被人们视作异类,
犹如荒野中的一只困兽;
然而,长老,我发誓赌咒:
当时若发出了一声呼喊,
我定会拔掉这懦弱的舌头。

十六

"你该记得——虽说还年幼,
我从来没有让泪泉涌流,
如今却不顾羞耻地恸哭。
谁看见?只有密密的森林,
还有在中天徘徊的月轮!
我眼前是一片林间空地,
四周是密不透风的树墙,
地面铺满了青苔和沙砾,
头上照射着明月的清光。
空地上忽闪过一个黑影,
同时又驰过了两点火星,
宛如两盏明亮的提灯……
便有只野兽一跃而起,
跳出树丛,卧倒在沙地,

四脚朝天,翻滚着嬉戏。
原来是荒山野地的常客——
一只力大无比的金钱豹。
它啃着兽骨,得意嗥叫;
它温柔地不住摇晃尾巴,
那血红的眼睛射出凶光,
紧紧地盯着一轮满月,
它身上的毛皮银光闪亮。
我抄起一根多杈的树枝,
等候着彼此间一场搏斗;
血战的渴念在胸中燃烧……
是啊,那只命运之手,
引我做了异乡之囚……
如今我已深信不疑了:
假如我也在自己故土,
也会是好汉,不落人后。

十七

"我等待着血战的来临,
豹在夜幕下嗅出了敌人,
忽然一阵凄厉的长嗥,
好像人发出长长的一声……
它狂怒地用脚爪刨掘沙砾,
用后腿直立,随即卧倒,
它这第一次疯狂的扑跳,

预示我惨死结局已难逃……
不过我早提防它这一手,
我手疾眼快,击中它要害,
我坚硬的树枝像一把利斧,
竟把它宽阔的脑门给劈开……
它像人一样呻吟起来,
身躯猛地向一旁倒栽。
虽然鲜血不停地直流,
像浓浓的血浪涌出伤口,
却又是一场殊死的搏斗!

十八

"金钱豹直扑我的胸口,
但我把利器刺进它的咽喉,
还在那里面连戳了两下……
金钱豹开始凄厉地呼吼,
做着最后挣扎,直冲过来,
我们像两条蛇死死盘绕,
似两个好友更紧地拥抱,
然后我们俩一块儿跌倒——
黑暗中在地上继续肉搏。
此时我的样子很吓人;
像这只野豹,我野蛮凶狠,
我满腔怒火,发出豹的吼声;
仿佛我自己也出生在

与豺狼虎豹同堂的门庭,
头上覆盖着荒林的绿荫。
仿佛我早已忘掉人的话,
因而打从我这个胸膛,
也会有可怕的长啸迸发,
仿佛我的舌头从小就
不会把别样的声音表达……
但我的对手已精疲力竭,
呼吸艰难,在翻滚挣扎,
它最后一次压到我身上……
从呆滞的眼睛的瞳仁里,
闪出了一道可怖的光芒,
然后它慢慢闭上了眼睛,
沉入了长眠不醒的梦乡;
但它和获胜的对手一起,
像浴血沙场的战士那样,
无畏地迎接死神的降临!……

十九

"你瞧,就在我这胸脯上,
豹爪留下深深的伤痕;
这些伤还没有长好,
血口至今仍没有合拢——
但湿润的地皮最富生机,
死神更将使它永久痊愈。

对伤势我当时并没介意,
重新聚集起最后的力气,
慢慢地在密林深处走动……
然而我枉然同命运抗争,
它一直尽情地对我嘲弄!

二十

"我从森林中走了出来。
大地也从睡梦中苏醒,
那手拉手的指路星斗,
已在旭日曦光中隐遁。
雾蒙蒙的树林开始喧闹,
远方的山村又炊烟缭绕。
隐隐的轰鸣随风过山谷……
我坐了下来屏息静听;
可轰鸣声已随风停息。
我环视了一下四周:
这地方我似曾相识,
因而不禁不寒而栗——
我好久也弄不明白,
怎么又回到我的牢房,
怎么陡然在这些日子里,
一味沉醉于隐秘的构想,
含辛茹苦,烦恼忧伤,
这一切又是为了什么?……

莫非要趁这如花的芳年，
刚把大千世界看一眼，
再伴着树林的沙沙响，
品尝一下自由的香甜，
马上就把对故乡的怀恋，
把希望破灭引起的怨言，
把你们的怜悯给我的羞辱，
统统带进坟墓中去埋掩！……
我仍沉吟着半疑半信，
心想这只是一场噩梦……
忽然在一片寂静之中，
悠悠传来遥远的钟声……
这时候我才恍然大悟。
啊！我立刻听出这钟声！
多少次从我童稚的眼睛，
它曾驱散掉我逼真的梦：
梦见的是至亲和好友，
梦见草原上不羁的自由，
梦见轻快狂奔的骏马，
梦见山岩间奇特的战斗——
我独自打败了全部敌寇！……
我没有哭泣，无力地听着。
仿佛这钟声发自我心房，
有人用钟锤敲击我胸膛。
这时候我才模糊地意识到：
今生今世我的足迹啊，

再也通不到我的家乡。

二十一

"是的,我的命运签真灵验!
骏马奔驰在异乡的草原,
一甩掉背上的拙劣骑手,
一定能找到一条捷径,
从远方返回自己的故园……
我岂能同这匹骏马相比?
我徒然怀着忧伤和希冀:
那原是枉然无力的热情、
幻想的儿戏、心智的癔病。
我身上留下了囚居的伤痕……
狱中的小花就像我这样:
它浑身苍白,孤孤单单,
在潮湿的石板缝里生长,
长期不绽开自己的嫩叶,
总等着起死回生的阳光。
许多时日飞逝过去了,
来了一个善心的好人,
对小花生了恻隐之心,
把它移栽到了花园里,
让它做了玫瑰的紧邻。
四周洋溢着生活的欢情。
结果呢? 天空刚浮起朝霞,

它所散发的灼热的光华，
便晒死狱中出土的小花……

二十二

"无情的烈日把我炙烤，
好像朝小花狠狠射照，
我疲惫不堪地低下了头，
徒劳无益地躲进了深草：
晒蔫的草叶像编织的荆冠，
在我头顶上交织缠绕，
大地也呼出热气熏人，
像团烈火对着我燃烧。
颗颗火星盘旋飞舞着，
在高空中间一闪一闪，
在那白色的山岩之上，
冉冉地升起云霭团团，
世界呆然无声地在安眠，
难受的噩梦充斥了人间。
就连秧鸡偶尔几声啼唤、
牙牙学语般的溪水潺潺、
蜻蜓纷飞的颤音也可听见……
只一条蛇小心翼翼地游动着，
它黄色的脊背闪耀着鳞光，
仿佛是一柄利剑的剑身，
全都镂刻满闪光的字样，

它留下浅沟在疏松的沙上。
然后盘成三叠的圆圈,
躺在沙上玩,自在消闲;
仿佛忽被火烫着了一般,
它扭曲身子,往上一蹿,
便藏到了远处的灌木中间……

二十三

"天空是那么宁静而明亮,
在远处,透过云遮和雾嶂,
横着两座黑乎乎的大山。
一座山后,我们的修道院
那锯齿形般的院墙亮闪闪。
阿拉瓜河和库拉河从脚下
给绿岛缀起了似银制的花边,
河水从轻声低语的树丛旁,
悄然而过,轻流缓缓……
我离那两条河十分遥远!
我想站起来,但在我眼前,
一切都开始飞快地旋转;
我想呼喊,但干涩的舌头
发不出声音,也不能动弹……
我快死了,但死前的幻觉
苦苦折磨我。
我恍惚感到,

躺在深水小河的底层,
周围是一片莫测的幽暗。
那冷峭的水流有如寒冰,
消解着我长年难忍的焦渴,
淙淙有声地流进我心房……
我就怕此刻会沉入梦乡——
因为我非常惬意,舒畅……
在我上方高高的水面,
一个波浪追一个波浪,
太阳穿过水晶般的碧波,
射来比月亮更迷人的光芒……
那一群群五色斑斓的金鱼,
不时地在阳光中游来游去。
我记得其中有一条金鱼:
它显出超过常人的殷勤,
对我表示了分外的亲昵。
它背上披着金色的鳞衣,
多次地在我头顶上游动,
绕着圈儿,总徘徊不去,
它那碧眼传出的神态
无比深沉,温柔而忧郁……
我心里感到万分的惊奇:
它那银铃般清脆的声音,
对我发出了奇怪的耳语,
它唱着,随后便归于沉寂。

"那声音说:'我的孩子啊,
　　留在我这儿,你不要走,
水国里的生活逍遥自由,
　　凉爽清静,尽你消受。

　　　*　　　*　　　*

'我要把我的姊妹们唤来,
　　我们拉起圈起舞婆娑,
供你那阴郁的眼睛解闷,
　　让你疲惫的灵魂娱乐。

　　　*　　　*　　　*

'睡吧,你的床褥多柔软,
　　你的被盖是那样晶莹,
岁月终将会不停地逝去,
　　伴着美梦中悦耳的话音。

　　　*　　　*　　　*

'啊,亲爱的,不瞒你说,
　　我爱你非同寻常,
爱你如爱自由的流水,
　　爱你像生命一样……'

这声音我听了很久很久;
我恍惚觉得,这淙淙的清流,
把它自己那轻轻的絮语,

同小金鱼的话儿汇成了合奏。
这时我已经昏迷不醒。
世界在我眼里化为乌有,
疲乏赶走了幻觉的神游……

二十四

"就这样我被人找到并抬回……
以后的事你也已清楚,
我说完了。对我的话,
你信与不信,我不在乎。
只有一件事使我难过:
将来我冰冷无语的尸体
不能归葬在故乡的土里,
而在这僻静的院墙之内,
我那辛酸、痛苦的往昔,
不会勾起任何人的哀思——
把我无人知的名字追忆。

二十五

"永别了,神父……把手伸给我:
你觉出我的手像火烧一样……
你知道,从我少年时起,
这火焰就一直藏在我心房;
可如今它已经得不到滋养,

于是烧穿了囚禁它的牢房,
它将再回到一个人的身旁——
此人给大家安排好顺序
去领受苦难和安宁的赐赏……
这对于我又有什么用场?
纵使我的灵魂,在天国,
在九天之上的神圣仙境,
能找到一个安身地方……
唉!我情愿用天国和永恒
去换取那段片刻的时光,
当时啊我还是一个孩子,
在陡峭幽深的山岩间游逛……

二十六

"等到我将要死去的时候——
别不信,用不着等待很久——
请差人抬我到我们花园,
把我就抬到那块地方——
两株洋槐正鲜花怒放……
洋槐间的野草是那样茂密,
清新的空气是如此芬芳,
满树沐浴着阳光的碧叶
炫耀它晶莹的金色盛装!
请让人把我安放在那地方。
我将要最后一次尽情地

饱览苍穹那无垠的光芒！
这里，同高加索遥遥相望！
也许高加索从自己的山头，
将会托付那凉爽的清风，
给我带来它诀别的问候……
那亲切的声音，在我临死时，
又将回荡在我的耳畔！
我将想，这是我的弟兄，
或朋友，俯身在我头边，
用他那只关怀备至的手
擦去我临终脸上的冷汗，
这是他为我轻声唱歌，
歌唱我那可爱的国家……
我将怀着这种思念长眠，
决不对任何人诅咒谩骂！……"

顾蕴璞 译

恶 魔

——东方的故事

（1839）

第 一 章

一

忧郁的恶魔,谪放的精灵,
飞翔在罪恶的大地上空,
而那些美好时日的回忆
一桩桩在他的面前闪动；
那时候他,纯真的海鲁文①,
还凛然居住在主的居所中,
那时候疾驶的彗星还常常
含着那亲切的微笑同他
在互相对视、在互相致问,

---

① 海鲁文,又译智天使,两个最高级别的天使之一。

那时候他还在渴望着认识,
透过层层的永恒的积云
凝视着在天空中漂泊的
一队队被上天委弃的星辰;
那时候他,造物的幸运儿!
还有着信仰,还有着爱憎,
不知道什么是怀疑和罪行,
一长串阴沉的虚度的岁月
也不曾威胁到他那颗心灵……
还有着好多好多……而他很难
把它们一一地都记得分明!

二

　　谪放者徘徊在世界的荒野里,
老早就找不到个安身之地:
一个世纪接着另一个世纪,
如同一分钟后又另一分钟,
按单调的顺序很快地飞去。
他统治着这个渺小的人世,
散播着罪恶而得不到欣喜。
无论在哪里他从没有遇见过
能抵敌自己的艺术的东西——
对罪恶也终于感到了烦腻。

三

　　天国的谪放者飞越过了
高加索群山的峰峦上空：
卡兹贝克宛如金刚石棱面，
在下面闪耀着永恒的雪峰，
而达里雅尔山谷黑魆魆的，
弯弯曲曲地在下面蜿蜒着，
好像蛇洞，好像深深的裂缝，
而捷列克河奔腾着，正如同
长满了毛茸茸的鬃毛的狮子，
在大声怒吼——山中的野兽
和飞旋在浅蓝色高空中的鸟
在倾听着河水唱出的歌声；
天空一片片金色的云朵
从南方、从那遥远的地方
一直把这道河护送到北国；
而巍峨的重重叠叠的山岩，
为神秘的沉沉睡意所折磨，
向着它俯垂下自己的头颅，
凝视着它那闪闪发光的碧波；
那山岩上荒寨中的高塔
透过了云雾凛然地眺望着——
它站在高加索群山的门口，
好像巨人似的守卫着！

整个神的世界在四近
是荒僻而又奇异;但是
高傲的精灵向自己上帝的
创造物投以轻蔑的一瞥,
而在他骄傲的高高的额头上
却没有显示出任何表情。

四

　　而在他面前花朵般展开了
另一幅鲜艳生动的画图:
华丽的格鲁吉亚的山谷
好像地毯似的铺展在远处;
你这幸福而美丽的国土啊!
那些宛如天柱似的白杨、
那些在五色石子河床上
潺潺地迅速奔流着的小溪
还有一丛丛的蔷薇,在那里
夜莺歌唱着那无言的美人,
她们却不理睬这爱的歌声;
还有那盘绕着苍郁的常春藤的
悬铃木枝叶繁茂的树丛,
胆怯的麋鹿在炎热的毒日下
在那里藏身的一个个的窟洞;
枝叶的闪光、喧嚣与生机,
千百种声音的嘈杂的言谈,

万千种草木的静静的呼吸!
还有那正午的淫毒的暑热,
受到了上天的甘露的滋润
而永远是潮湿的夜半时辰,
还有那明丽得如同眼睛、
格鲁吉亚女郎眼睛的繁星!……
但是宇宙的光辉,在这个
谪放者空漠沉寂的心胸中,
除冷酷的嫉妒外,再也激不起
什么新的力量和新的感情;
而眼前他所能看到的一切,
他全都蔑视或全都憎恨。

五

白发的古达尔给自己建造了
高大的房屋和宽敞的庭院……
它老早耗尽了忠顺的奴隶们
如许的眼泪与如许的血汗。
一清早,它就向着邻近的山坡,
从高墙上投下了一道阴影。
断崖上砍成一级级的石阶
从多角形的高塔直通到河滨;
年轻美貌的公主塔玛拉
她脸上蒙着白色的面纱,
到那阿拉瓜河边去取水,

常在这石阶上走上走下。

六

　　这一所高大的森严的房屋
从悬崖上无言地凝望着山谷；
但今天在那里有盛大的宴会——
风笛鸣响着，美酒倾流着——
古达尔在给女儿举行婚礼，
他请来许多的亲人和宾客。
在那铺陈着地毯的屋顶上
女郎正坐在她女友们中间：
她们在那轻歌曼舞中度着
悠闲的时光。远处的高山
已经掩藏起了那半轮落日；
她们大家有节奏地拍着手，
唱着歌——而年轻美貌的新妇
也拿起她自己的那个铃鼓。
看哪，她一只手把铃鼓擎起，
在自己头顶上画了个圆圈，
忽而跑起来，比小鸟还轻快，
忽而又站住了——她举目一望——
在她那使人嫉妒的睫毛下
水灵灵的两眼在闪闪发光；
她忽而轻轻地扬起了眉毛，
忽而又微微地低垂下粉颈，

而她那美好无比的小脚
在地毯上不停地旋转滑动；
她心中满怀着天真的欢欣，
脸上也露出了微微的笑容。
那清丽的月光有时轻轻地
在泛起涟漪的碧波上嬉戏，
也难以跟这与生命和青春
同样生气勃勃的微笑相比。

七

我起誓，凭着东方的曙光、
夕阳的余晖和夜半的星辰，
那黄金遍地的波斯的国王
和任何一个人间的沙皇
都不曾吻过这样的眼睛；
皇宫里飞沫四射的喷泉
在炎热的时候从来没有
用它那珍珠般的水珠
洗涤过这样美好的身躯！
世界上还没有一只手
抚摩过这样可爱的脑门，
梳拢过这样美丽的头发；
人世上自从失掉了天国，
我起誓，这样美貌的女郎
未曾出现在南国的阳光下。

八

　　她正在最后一次翩翩起舞。
她是古达尔的女继承者,
一个自由的活泼的儿童,
唉！明天等着她的却已是
女奴的悲惨不幸的命运、
至今还完全陌生的他乡
和那一家子不认识的人。
而这种神秘的怀疑常常
使她快乐的容颜不禁失神；
而她的一切举止是这样
美好,这样地充满了表情,
这样地充满了可爱的天真,
甚至于,假如有恶魔飞过了,
这时候只要向她看上一眼,
他一定会想起往日的伙伴,
而回过脸去——不禁深深地长叹……

九

　　恶魔真的看见了……他马上
在自己心里突然感觉到
有一种难以形容的激荡。
一种幸福的声音填满了

他那个空漠的沉静的心——
而他突然又重新体验到
爱、善、美的神圣!……他很久地
欣赏着这幅美妙的画图——
而那时逝去的幸福的幻梦,
好像是一条无穷的长链,
仿佛一颗颗闪烁的星星
在他面前不停地飞舞转动。
他被不可见的力量所吸引,
他开始认识了这新的忧烦;
他心里的情感突然讲话了,
用的是过去那亲切的语言。
这个是不是复活的征兆?
那些狡猾的诱惑的言辞,
从自己脑子里也挖不出来……
忘怀了?——上帝没有赐予他
忘怀:他也不需要那忘怀!……
………………………………

十

　　在太阳将要西沉的时候,
焦急的新郎鞭策着他的马
匆匆地去参加结婚的喜宴。
他已经平安地来到清澈的
阿拉瓜河的青青的河畔。

一长串骆驼驮着沉重的
迎亲的礼物,在他的后边,
正在慢慢地、慢慢地走着,
在路上一摇一晃地伸延开:
驼铃在叮叮当当地响着。
带领这大队人夫马匹的
正就是西诺达尔的君王。
皮带紧系在他美好的腰上;
长剑和匕首的黄金花饰
在太阳照耀下闪闪发光;
背后还背着雕花的长枪。
他那短褂的两袖在迎风
飘荡——而短褂的四周围
满都是缀着黄金的花纹。
马鞍用五色的丝线绣成;
而在马勒上又系着丝缨;
他胯下是一匹名种的金色
黄马,马身上已是大汗淋淋。
卡拉巴赫的机敏的名马
充满了恐怖、竖起了耳朵,
喷着鼻息、从高坡上斜望着
汹涌的波涛激起的泡沫。
河岸上的道路狭窄而危险!
左边是峻峭壁立的高山,
右边是滚滚大河的深渊。
天已不早了。在积雪的峰顶

晚霞已暗淡;夜雾升起了……
人马都加快了脚步遄行。

十一

路旁有一座小小的礼拜堂……
多年来这里供奉着一位王公,
他是被复仇的手所杀死,
如今他已经被尊为神灵。
无论是节日或参加战斗,
无论是匆匆地奔向何方,
行人带来了虔诚的祈祷
向着这座小小的礼拜堂;
而那样的祈祷真能保佑
避开了邪教徒们的刀剑。
但是勇敢的新郎没理会
祖先们传下的这个习惯。
奸黠的恶魔用他狡猾的
幻想已搅乱了新郎的心:
他在想象中,在夜的黑暗里
正在亲吻着新娘子的芳唇。
突然间闪出了两个人影,
又闪出几个——枪声!——怎么啦?……
踏着马镫略略地欠了欠身,
皮帽子向眉头拉了一拉,
勇敢的公爵没有说一句话;

他手中的枪发了下闪光，
皮鞭一响——就好像苍鹰般
他飞上前去……又打了一枪！
粗野的喊叫、低沉的呻吟
霎时间响遍了深深的山沟——
战斗继续了并没有多久：
胆怯的格鲁吉亚人已经逃走！

十二

　　一切都静了下来；骆驼队
挤成了一堆，不时恐怖地
望着骑士们的一具具尸体；
它们单调的铃声在草原的
寂静中又在低沉地响起。
这豪华的大队遭到了抢劫；
而夜间出没的鸟儿一匝匝地
飞旋在基督徒尸体的上空！
在埋葬着他们先人尸骨的
一层层修道院的石板底下的
平静的坟墓，并没有等待他们；
他们那些披戴着长披巾的
姊妹和母亲们也都不能
带着哀伤、痛苦和祈祷
从远方来凭吊他们的坟冢！
不过在这大道旁的岩石上

有一只热诚的手给竖立了
一个十字架来纪念他们；
而春天长起来的藤萝枝蔓
用着它们碧玉色的细网
把它缠绕，安抚他们的阴魂；
疲惫的行人也不止一次地
从那艰苦的道路上转回来，
到这神的阴影下来歇歇身……

十三

骏马儿跑得比母鹿还快，
喷着鼻息，仿佛在奔向战地；
有时在奔跑中突然停下来，
使劲地鼓动着它的鼻孔，
倾听着微风送来的声息；
有时候四只马蹄的铁掌
凌空腾起，都一齐叩地，
扬起了散乱的长长的鬃毛，
没命地在一直向前疾飞。
马上骑着个沉默的骑士！
他在马鞍上不时地挣扎着，
脑袋低垂着，气力已经不支。
他已经控制不住缰绳了，
两只脚紧紧地踏进马镫；
在他的马鞍上已经看见了

流淌下来的一道道的血痕。
飞快的骏马啊,你已经把主人
从战斗中箭一般地送到了女家,
但是奥塞特人狠毒的枪弹
已经在黑暗中追上了他。

十四

　　古达尔家到处在啼哭和呻吟,
院子里挤满了一群群的人:
是谁的急喘的马飞奔而来,
在大门前的石阶上栽倒?
这已经断气的骑士又是谁?
浅黑色面孔的深深的皱纹
还留着战斗的恐怖的遗痕。
武器和服饰上都鲜血淋淋;
在他那最后疯狂的紧握中
一只手还紧紧地抓着马鬃。
年轻的女郎啊,不久以前
你还在殷切地盼着你的新郎:
他正是遵守着公爵的诺言,
他已经来参加新婚的酒宴……
唉!但是他已经永远不能
再跨上他的骏马的鞍鞯!

十五

突然间向着这快乐的家庭
霹雳似的飞来了神的惩罚!
塔玛拉晕倒在她的绣榻上,
她放声痛哭,可怜的塔玛拉;
胸口在一起一伏地喘息着,
眼泪在一颗接一颗地滚下,
这时她仿佛听见,在头顶上
有魅惑的声音在对她说话:
"不要哭,孩子,哭也无用!
你的眼泪不会像仙露般地
滴上他冰冷而无言的尸身:
它只能烧枯你处女的两颊,
只能模糊了你明亮的眼睛!
他已经离开你很远很远了,
已不知道、不领会你的哀伤;
现在上天的光辉在抚慰着
他那两眼的无形体的目光;
他正在倾听着天国的乐章……
人生的琐细的梦、可怜的
少女的呻吟与眼泪,在天国的
娇客看来,还算得了什么?
不,这无常的创造物的命运,
我的人间的天使,请相信,

他不配唤起你对它发出的
一时片刻的可贵的哀痛!

"在那像海洋似的太空中
排列整然的星斗合唱队,
它们不把舵、它们不张帆,
悠悠静静荡漾在云雾里;
在那无涯无际的空间
难以捉摸的丝丝片片的
淡淡的薄云轻轻地飘过,
也不曾留下一点点踪迹。
别离的时候、聚首的时刻,
它们没有欢乐、没有悲戚;
它们对未来既无所希冀,
它们对过去也没有惋惜。
在那烦恼的不幸日子里
但愿你仅仅把它们牢记;
但愿你也如同它们一样
不去管那些人间的东西!

"夜色刚刚地用自己的帷幔
掩盖起高加索群山的峰巅,
魅惑于神奇咒语的世界
在黄昏里刚刚地静了下来;
山岩上阵阵的劲风刚刚地
吹动了原野上连天的衰草,

藏在草中的小鸟在昏暗里
便更加快乐地飞动起来；
而夜间的小花在葡萄藤下
贪婪地吞食着上天的甘露，
刚刚地把它的花朵绽开；
金黄色的圆圆的月亮刚刚地
从那群山后静静地升起，
而羞怯地偷偷地凝望着你——
我便向着你的闺房飞来；
我将要一直待到朝霞上升，
而把那甜蜜的黄金色的梦
吹向你柔美的睫毛和香腮……"

十六

语声在远处已静了下来，
声音也一个接一个地逝去。
她跳了起来，向四周凝睇……
在她的心胸里有着一种
莫名的不安；恐怖、悲戚、
狂欢的烈焰——都不能相比。
万种的感情都突然沸腾；
心灵挣断了自己的锁链，
烈火在血管中到处奔涌，
而这个新鲜奇异的人声，
她觉得依然在娓娓不停。

而期待已久的梦在黎明前
才合上她那慵困的眼睛；
但是它却用奇异的预言的
幻想搅乱了她整个的心。
这个阴郁而又沉默的来客
炫耀着他那非人间的美，
弯下身来站在她的枕前；
他眼中带着这样的爱情，
在这般凄然地凝视着她，
仿佛是他对她十分哀怜。
这不是天上飞来的天使，
不是她的神圣的保卫者：
他没有用那虹光的冠冕
装饰着他的鬈发和高额。
这不是可怕的地狱的精灵，
那罪恶的苦难者——啊，不是！
他跟晴朗的傍晚有点相似：
不明又不暗——非夜又非日！……

第 二 章

一

"父亲呀，父亲，息息雷霆吧，
不要再责骂你的塔玛拉；

我在哭着:看看这眼泪,
这不是第一次从眼中落下。
成群的年轻男子徒然地
从遥远的地方来到了这里……
格鲁吉亚有不少年轻的女郎;
但我却决不能做任何人的妻!……
啊,父亲呀,你不要责骂我。
你自己也看出:我,毒计残害的
牺牲者,一天天在凋残零落!
有一个狡猾的精灵用他那
不可抗拒的幻想在戕害我;
我就要死去了,可怜可怜我!
把你这愁肠寸断的女儿
快快送入神圣的修道院;
在那里救世主许会保护我,
我对他将倾吐出我的哀怨。
人世上已没有了我的欢乐……
让那幽静的修道室收下我,
正如同早早地进入了坟墓,
在圣物的平静中才找到寄托……"

二

她的父母便把她送到了
一所孤寂僻静的修道院里,
于是人们给她那年轻的胸上

穿上了一件合身的紧身衣。
但是穿上了僧人的法衣
还像是穿着锦绣的衣裳，
她的心同往常一样地跳动，
依然萦回着杂乱的幻想。
在那神坛前、在烛光照耀下，
在赞颂上天的庄严时刻里，
她还是常常地可以听见
祷声中夹杂着熟识的言语。
在幽静的庙堂的圆屋顶下
有时候一个熟识的人影
在那轻轻的缭绕的轻烟中
在无声无形地忽现忽隐；
他静静地辉耀，像星星似的，
招着手、呼唤着……但是——哪里去？……

三

在两座高山的清荫中间
隐藏着一座神圣的修道院。
一行一行的悬铃木和白杨
环绕着它——而有的时候，
当夜色横卧在深深的山谷，
年轻女罪人的灯光闪耀着，
透过树丛和修道室的窗户。
四近，在那扁桃树的浓荫下，

在那里凄然地立着一排十字架
——那些坟墓的无言的守卫者,
轻捷的小鸟合唱队在唱着歌。
流泉寒冽的粼粼的微波
在那巨石上跳跃着、喧嚷着,
而在那峭然壁立的山岩下
亲密地在山谷中汇合在一起,
在树丛中间、在披着霜雪的
花木中潺潺地向前流去。

四

向北方望见了一重重的山。
当那阿芙乐尔①露出了仙姿,
而发着蓝色的薄雾轻烟
在山谷深处慢慢升起时,
祈祷的召唤者向着东方
呼唤着人们都来做祈祷,
而那嘹亮的钟声颤抖着,
惊醒了整个沉静的寺庙;
在这个庄严而静穆的时候,
当那年轻的格鲁吉亚女郎
从高峭陡峻的山坡走下来
顶着长颈罐去汲水的时候,

① 阿芙乐尔,罗马神话中司晨的女神。

那连绵不断的积雪的山岭
像一道淡淡的浅紫色的墙,
描绘在清澄明丽的天空上,
而它们在夕阳将要西坠时
又要披上嫣红色的衣装;
在它们中间,高加索之王,
那卡兹贝克,插入了云霄,
高过了群山,屹立在那里,
披戴着头巾,穿上了锦袍。

五

但是,充满了罪恶的思想,
塔玛拉的心不理会这一种
纯洁无瑕的欢乐。在她面前
世界都蒙上了阴沉的暗影;
清晨的光辉和夜晚的黑暗——
这一切都是她痛苦的根源。
每当昏昏沉沉的夜晚的
凉爽的气息拥抱住大地,
她便在神圣的圣像面前
猝然晕倒,痛哭不已;
而在这夜晚的寂静里
她那沉痛的哭声常常地
引动了路上行人的注意;
他想:"这是锁在山洞里的

山中的精灵在悲切地呻吟!"
他便鞭策着疲累的羸马,
用敏感的耳朵专注地谛听……

六

满腹的哀愁,浑身的战栗,
塔玛拉常常地在那孤寂的
沉思中,抑郁地枯坐在窗前,
用不倦的目光向远方凝睇,
而整天长吁短叹地在等待……
有谁低声对她讲:他就来!
梦幻并非徒然来抚爱她,
他的出现也并非没有原因,
他来了,带着他悲凄的眼睛
和娓娓而谈的美妙的柔情。
她已经这样痛苦了好多天,
因为什么,自己也不知道;
她有时候本想要祈祷圣灵——
而她的内心却向他祈祷;
有时因经常的苦斗困倦了,
她想要躺在床上睡一睡:
枕头在燃烧着,窒息、可怕,
她只得跳起来,浑身战栗;
心胸和两肩烈火般燃烧着,
无力地呼吸着,两眼蒙眬,

两臂在渴望地寻求着拥抱,
亲吻在她芳唇上逐渐消融……
………………………………
………………………………

七

夜晚昏暗的薄罗般的帷幔
已经笼罩格鲁吉亚的群山。
听从着日常的快乐的习惯
恶魔又飞到了这一座僧院。
但他很久地、很久地不敢
侵犯这静穆的居所的圣物。
而且也有过这样的时候,
他好像是下了决心准备
放弃这个残酷的计谋。
他在那高高的墙外沉思着,
踱来踱去:由于他的脚步,
无风,树叶也在阴影中翻舞。
他抬起了眼睛:她的窗户
在发着闪光,被神灯所照耀,
她早已在等待着什么人了!
听哪,在这整个沉静中
青加尔琴和着悠扬的歌声
在远处发出了和谐的声音;
而歌声好像眼泪一般,

声声地、和匀地流个不停；
而歌声又是这样的柔美，
它仿佛本非人间所有，
而是上天为了人间而编就！
是不是有一个天使想要来
看一看他被遗忘了的朋友，
从天上偷偷地飞到了这里，
给他歌唱着往昔的日子，
来安慰他的苦痛和烦忧？……
恶魔如今是第一次领悟了
爱情的哀伤、爱情的激动；
他想要顺服地远远地走开……
但他的两翅已不会扇动！
真怪！从黯然无神的眼睛里
淌出了一大滴辛酸的泪……
在这修道室的附近，到而今，
还可以看见一块奇怪的石头，
被那火焰般炽热的眼泪、
被那非人间的眼泪所烧透！……

八

他走了进去，准备要去爱，
带着颗为幸福而敞开的心，
他在想，他所期待的新的
生活的时刻现在已经来临。

期望的不太分明的战栗,
隐秘的尚未可知的惶恐,
仿佛在这初次的会晤中
结识了他那高傲的心灵。
那是一个不祥的征兆!
他走了进去,一看——在他面前
天国的使者,纯洁的海鲁文,
罪孽的美丽女郎的保护者
仰起了发着闪光的额顶,
浮着明朗的微笑用翅膀
护着她,不让敌人来触动;
而那神光的光辉猛然间
刺伤了那不洁净的两眼,
他没有讲一句亲切的问候,
便倾吐出了这沉重的责难:

九

"不安的精灵,罪恶的精灵,
谁叫你在深夜来到这里?
这里并没有你的崇拜者,
邪恶还不曾在这里呼吸;
不要在我的爱和我的圣物上
留下你的罪恶的痕迹。
谁叫你来的呢?"
邪恶的精灵

对着他回答以狡猾的一笑,
他的眼已因为嫉妒而发红;
而那往昔的憎恨的毒素
此时又在他的心中苏醒。
"她是我的!"他严厉地说道,
"放开她,她是我的!保护者,
你来得太晚了,正如对于我,
对于她,你都不配做裁判者。
在这颗充满了高傲的心上
我早已打上了我的烙印;
在这里并没有你的圣物,
只由我支配、只随我爱憎!"
天使用他那悲凄的眼睛
望了望这个可怜的牺牲,
于是展开他的翅膀,慢慢地
沉没在那天空的大气中。
....

十

塔 玛 拉

啊!你是谁?你的话是可怕的!
是天国还是地狱打发你来这里?
你想要怎么呢?……

恶　魔

你多美丽呀!

塔　玛　拉

但你告诉我,你是谁?请回答……

恶　魔

　　我就是那个人,你在夜半的
寂静中曾侧耳倾听过他,
他的心同你的心曾经低语,
你曾经猜想过他的悲哀,
你曾在睡梦中与他相遇。
我就是毁灭希望的那个人;
我就是谁也不爱的那个人;
我是认识与自由的皇帝,
我是人间的奴隶的皮鞭,
是上天的敌人,宇宙的灾难,
你看——我正跪在你的脚前!
我在感激中给你带来了
我的爱情的低声的哀乞、
我在人间的第一个苦痛,
还有我那最初的眼泪。

啊,怜悯吧,请听我来说!
你只要用一句话就可以
把我送回至善和天国。
披上你爱情的神圣的衣饰,
我还能出现在那里,成为
焕发出新的光辉的新的天使。
啊! 你只要倾听我,祈求你,
我爱你,我就是你的奴隶!
当我刚刚地看到你的时候
我心中便突然恨透了我那
永恒的存在和无限的权力。
我不自禁地开始羡慕
这不太美满的人间的欢乐;
离开你而生活——是多么可怕,
不像你那样生活,又多么难过。
突然间在我那寂寞的心中
又燃起了更为光亮的明灯,
而在往昔的创伤的深处
悲哀又在像蛇似的蠕动。
我无穷的领地和无尽的永恒,
如果没有你,这又有什么用?
不过是空洞的、响亮的字眼,
广大的庙堂——而没有神灵!

塔 玛 拉

走开吧,啊,你狡猾的精灵!
别说了,我决不相信敌人……
主啊……唉!我怎么不能
祈祷了……这个致命的毒素
已经抓住了我衰弱的心灵!
听我说,你将要毁灭掉我;
你的语言——是毒鸩与烈火……
告诉我,为什么你要爱我!

恶 魔

为什么,美丽的女郎?——唉,
我也不知道!……我已经充满
新的生命,从我那罪恶的
头颅上高傲地摘掉了荆冠;
我那天国,你眼中的地狱——
我把这过去的一切都已委弃。
我用非人间的热情爱着你,
这不是你所能够做到的:
用不朽的思想和幻想的
全部的欢乐和全部的威力。
在我的心灵里,从混沌初开
就深深地印上了你的芳容,

它在永恒的太空的洪荒里
一直在我面前飞舞不停。
你甜蜜的名字对我震响着,
它早已激荡着我的心灵;
在天国中那些幸福的日子里
我所欠缺的就只是你一人。
啊,假如你能够理解到,
这是多么痛苦,多么恼人:
整整的一生,好多个世纪
独自享乐着、独自痛苦着,
不因为善而期待着报答,
也不因为恶而期待着称赞;
为自己而生活,因自己而苦闷,
老是在进行着这没有胜利、
没有和解的永恒的斗争!
永远地惋惜着,却没有憧憬,
知道一切、感觉一切、看见一切,
竭尽全力去憎恨一切,
而且去蔑视世上的一切!……
上帝的诅咒刚刚停下来,
从那个日子、从那个时刻
宇宙的热情的眷念的怀抱
便从此永远地对我冷却;
太空在面前闪发着蓝色;
我看见我那旧曾相识的
星宿们豪华的新婚的盛装……

他们在翱翔着,戴着金冠;
但是怎么着?哪一个星宿
也不认识他们往日的伙伴。
我便开始在绝望中呼唤
那些跟自己一样的谪放者,
但语言、面貌和可憎的目光,
唉!我自己也无法分辨。
我战战兢兢地展动了翅膀
匆匆地飞走——但为什么?哪里去?
不知道……我已为旧伙伴所鄙弃;
世界,对于我,像伊甸园一样,
变得这样的冷静而沉寂。
正如同一只被撞坏的小船,
既没有帆儿,又没有舵,
顺着流水的自由的激荡,
漂流着,不知道自己要怎么;
正如同在早早的清晨时刻
一小片孤零的雷雨的乌云
在蓝色的高空中发着黑色,
不敢在任何地方稍稍停泊,
无目的无踪迹地随风荡漾,
哪里来哪里去,只上帝晓得!
我统治着人们并没有多久,
也没有多久教唆他们作恶,
我亵渎了一切高尚的东西,
玷污了一切美丽的事物;

不久……把纯洁的信仰的火焰
毫不费力就永远地扑灭……
而那些蠢材和伪善的人，
还值得我花费一番心血？
我就藏匿在深山的峡谷中；
我开始流浪，如同深夜
流浪在黑暗中的一颗流星……
为仿佛很近的灯火所欺骗，
孤寂的旅人在向前遄行；
当连同坐骑掉入了深渊，
他枉然地呼唤着——而在他后边
陡峻的峭壁上留下一道血印……
但是这罪恶的阴郁的乐事
我也没有喜欢好多日子！
在同有力的飓风的斗争中
我常常卷起满天的飞尘，
披挂上闪电和云雾的甲胄，
掀天动地地在云头中奔腾，
想要在不安的风雨雷电中
压抑住自己心头的愤激，
从难逃的沉思中解救出来，
而忘掉那不可忘掉的东西！
未来和过往的世世代代
人们所饱尝的沉痛的困厄、
辛劳和不幸，这一切比起我
那无人认可的痛苦的一刻，

又算得了什么？人是什么？
他们的生活和劳动是什么？
他们走来了，也将要走过……
希望——公正的裁判者等待着：
他可以赦免，即使已经判刑！
但我的悲哀却永远在这里，
它像我一样，没有个止境；
它在坟墓中也得不到宁静。
它有时像毒蛇般纠缠着，
有时像烈火般燃烧着、爆响着，
有时像石头般紧压着我的心——
埋葬着逝去的希望和热情的
那座永不能摧毁的陵寝！……

塔 玛 拉

不管你是谁，不期而遇的朋友，
我已经永远毁弃了静谧，
不由自主带着神秘的乐趣，
苦难的人儿哪，来倾听着你。
假如你的语言是狡猾的，
假如你心中隐藏着欺诈……
啊！可怜我吧！——那有什么好处？
为什么苦苦地要我的心？
难道说在上天看来，我比起
你没有见过的美人还可亲？

她们,唉！都美丽而温柔；
她们的处女的床褥也一样,
还没有为凡人的手所揉皱……
不！请给我起个宿命的誓言……
说呀——你看：我心中忧伤；
你看看女人的痴心梦想！
你心里不由得抚爱着恐惧……
但是你理解一切,你知道一切——
当然,你也会怜悯一切！
请你起誓……现在就对我起誓：
你要断绝对罪恶的贪求。
有没有这样的咒语和誓言,
怎么也不毁弃而永远信守？……

恶 魔

我以创造物的第一日起誓,
我以创造物的末日起誓,
我以犯罪的凌辱与羞耻、
以永恒真理的庄严来起誓,
我以沉沦的痛苦的磨难、
胜利的短暂的幻想来起誓；
我以我们俩欢乐的相会
而又可怕的诀别来起誓；
我以那么一大群的精灵,
归我统率的弟兄的命运,

无情的天使、我那警觉的
敌人的刀剑的锋刃来起誓；
我以至上的天国和地狱、
人间的圣物和你来起誓；
我以你最后的目光的一瞬、
你那滴最初淌出的眼泪、
你那温柔的芳唇的呼吸、
柔美的鬈发的波纹来起誓；
我以幸福和痛苦来起誓，
我以我自己的爱情来起誓：——
我已经断绝了往日的仇恨，
我已经断绝了高傲的心志；
今后狡猾的奉承的毒素
再不去激动任谁的心智；
我想要同神圣的天国和解，
我想要相信真理和至善，
我想要祈祷、我想要爱。
我要用悔恨的眼泪洗掉
我在对你无愧的额顶上
留下的上天的火焰的遗痕——
而让世界在平静的无知中，
离开我，一天天地凋零！
啊，请相信我：直到而今
只有我一人了解你、珍视你：
我把你选作了我的圣物，
在你的脚前我卸下了权力。

我等待你的爱,像等待恩赐,
为了一瞬,把永恒给予你;
我在爱情中,相信我,塔玛拉,
也像在仇恨中坚定而伟大。
我,这宇宙的自由的儿子,
要把你带进星云上空的地方;
我的第一个可爱的女友呀,
你将要成为世界上的女皇;
你将漠然地、毫不惋惜地
俯视着下界的尘寰,在那里
没有一点点真实的幸福,
在那里没有长年久远的美,
在那里只有犯罪和刑罚,
所有的只是庸俗的趣味;
在那里人们也在爱、也在憎,
但却不能够大胆而无畏。
你或许还不晓得,人们的
短暂的爱情到底是什么?
不过是年轻的热血的激动——
但日子逝去了,热血便冷却!
谁个能坚定地经得住别离、
经得住新的美的诱惑,
经得住精神的疲惫和苦闷,
还有那幻想的无羁的奔腾?
不!我的亲切可爱的女友,
命运给你注定的并不是

在那些无情而又冷酷的
虚伪的朋友与敌人当中,
在那恐怖与徒然的希望中,
在那无谓而繁重的劳动中,
做一个嫉妒的粗鲁的奴隶,
而默默瘦死在狭小的圈子里!
你凄然在这高高的四壁内
远远地离开了人们,也同样
远远地离开了神,你却不会
毫无温情地在祈祷中消亡。
啊,不,美丽的创造物啊,
给你注定的是另一种命运;
等待你的是另一种苦难、
另一种享用不尽的欢欣;
请你丢掉那往日的希望,
请你撇开那可怜的人间:
我将要给你另外展开
一个高傲的认识的深渊;
我将把服侍我的精灵们
带到你的脚前供你驱使;
美人呀,我将要给你一些
温和的、美丽的年轻女侍;
我将要从那东方的星星上
给你摘一顶黄金的冠冕;
在百花中采撷夜半的甘露,
而用露珠撒满你的金冠;

我要用夕阳的嫣红色的光辉
带子似的缠上你美好的腰肢；
我将要使你周围的大气
充满了芳草的纯净的气息；
我将要常常使奇妙的仙乐
悠扬地缭绕在你的耳边；
我将要用琥珀和翡翠给你
建筑一座最华丽的宫殿；
我将要高高地飞上云端，
我将要深深地泅入海底，
把人间的一切都献给你——
请你爱我吧！……

十一

他便轻轻地
用他那火热的嘴触动了
她的不断颤抖着的芳唇；
他用充满了蛊惑的言辞
回答她的乞求和哀恳。
有力的目光盯着她的眼睛！
他烧伤了她。在夜的黑暗中
他一直在她的头顶闪耀着，
不可抗拒，如同刀剑的锋刃。
唉！罪恶的精灵胜利了！
他的亲吻的致命的毒液

霎时间就渗入她的心胸。
一声痛苦的、恐怖的叫声
突然打破了深夜的沉静。
在叫声中有着爱情和痛苦、
夹杂着最后的乞求和斥责,
还有那凄然的绝望的诀别——
同这个年轻的生命的诀别。

十二

在那个时候,夜半的守卫者
独自一人绕着高高的围墙,
顺着他那条预定的路线,
手拿着打更的铁板慢踱,
而在年轻女郎的修道室旁
放轻了自己平匀的脚步,
提心吊胆,怕惊破她的梦,
把他的手在铁板上停住。
而透过了这四周围的寂静,
他,仿佛是,隐隐地听见了
两张嘴的相互心许的亲吻、
短暂的叫声和微弱的呻吟。
而一种渎神的罪孽的疑念
便突然侵入了老人的心……
但是又一个瞬间过去了,
四近的一切又陷入了沉静;

只有飒飒的微风从远处
传来了树叶的幽怨和唏嘘,
而山中溪涧在凄凄切切地
同那黑沉沉的河岸低语。
他在恐怖中急急忙忙地
念诵着神的侍者的赞歌,
好从自己罪恶的思想中
驱走罪恶的精灵的蛊惑;
他用他那颤颤发抖的手指
在激动的胸口画着十字,
一声不响地用迅速的脚步
继续着自己走惯了的路。
……………………………

十三

　　她,好像是沉睡着的仙女,
静静地躺在自己的棺木中。
她那额头上的疲惫的颜色
比被单还要白、还要干净。
她的睫毛已永远地铺下来……
但是,天哪!谁个不以为
她那睫毛下的美好的眼睛
只是睡着了,等待着亲吻,
或者是等待着晨光的照临?
但是白昼的金色的光芒

徒然地向着它投射过来,
亲人的嘴在无言的悲哀中
徒然地吻着它,它不再睁开……
不!随便什么也擦不干净
死神打下的永恒的烙印!

十四

往常在那快乐的日子里,
塔玛拉美丽的节日的服装
从没有这样的富丽堂皇。
家乡的山谷中鲜丽的花朵
紧紧地握在死者的手里!
(古时候是兴这种仪式的)
在她面前放射着芳香的气息,
她像是跟大地在最后诀别,
在那热情与欢乐的烈焰中,
她脸上并没有显示出
一点点什么死亡的征兆;
而她整个的容颜充满了
那种像大理石一样的美,
失掉了表情,失掉了情感,
失掉了理智,整个是神秘的,
像死神自己一样神秘。
奇异的微笑在她嘴唇上
影子似的一闪,凝固下去。

它对着精细敏锐的眼睛
道出了多少伤心的往事：
它表达了即将凋谢的心灵
对一切冷漠无情的蔑视，
表达了弥留时最后的思想，
还有那向人间无声的告辞。
这过往生活的无用的反照，
比永远消逝了的目光，
更为暗淡，更为死寂，
使人们的心灵更为绝望。
如同白日的巨轮已经沉没；
并且消融在金色的大海里，
在这个日落的庄严的时刻，
高加索峰顶的积雪，暂时
保留着它那殷红色的光彩，
闪耀在那黑沉沉的天际。
但是这即将逝去的光辉
再也驱不散荒原上的迟暮；
而从那满披着冰雪的峰顶上
再不会照亮任何人的道路！

十五

　　一大群邻居和亲戚都已经
准备走上那哀伤的路程。
古达尔无言地捶打着胸口，

撕扯着自己白色的鬈发,
他是最后一次骑上了
他那匹白色鬃毛的骏马,
大队人马出动了。他们的
路程将连续走三天三夜:
在历代祖先们的尸骨之间
已给她掘好了宁静的墓穴。
多年前古达尔的一个祖先,
他经常抢劫行人和村落,
当病魔缠住他紧紧地不放
而到来了最后忏悔的时刻,
他为了赎还自己往日的罪孽,
许下在花岗石山岩的高峰上
建筑一座礼拜堂,在那里
听到的只有暴风雪的歌唱,
那里只有老鸢才能飞得上。
在卡兹别克的雪峰中间
一座修道院很快地就盖起,
而这个凶恶的老人的尸骨
在那里得到了最后的安息;
原来是行云故乡的山岩
这样就变成了一座坟园:
这样是不是他死后的居所
离天国更近,也更为温暖?……
是不是更远地离开了人间,
最后的梦境就不被人搅扰……

可是枉然！死者再也不会梦见
过去日子的悲哀和欢乐了。

十六

  在那无垠的蓝色太空里
有一个神圣的天使展开了
黄金色的翅膀向前飞行，
他在自己的怀抱中从人间
带来了一个罪恶的灵魂。
他用期望的柔美的言辞
驱赶着她的忧虑和疑问，
他在用眼泪给她洗涤着
那些罪恶与痛苦的遗痕。
从远处已经向他们传来
天国的声音——但是突然间
遮断自由的道路，从深渊里
飞起了一个地狱的精灵。
他好像电光一样闪耀着，
像震天的飓风一样有力，
他狂暴不逊而又傲慢地
大声说道："她是我的！"

  塔玛拉可怜的罪恶的灵魂
用祈祷镇静着自己的惊恐，
紧紧地伏在保护者的怀中。

未来的命运已经决定了,
站立在她面前的又是他,
但是,天哪!——谁还认得他?
他的目光是多么凶狠,
心中怀着的是多么深的
无尽的誓不两立的敌意——
从他凝神不动的面孔上
还发出坟墓般寒冷的气息。

　"消失吧,怀疑的阴郁的精灵!"
上天的使者对他回答道,
"你已经心满意足地胜利了;
但现在已来到裁判的时刻——
而上帝的裁决却是公正的!
那考验的日子已经过去;
罪恶的枷锁从她身上落下,
连同那人间的无常的锦衣。
要知道,我们很久地等着她!
人世上有一些人的一生
不过是难以忍受的苦痛、
难以达到的安乐的一瞬:
她的灵魂正跟他们相同。
造物主拿上最好的灵气
做就这些人的生命之琴,
他们不是为人世而被创造,
人世被创造也不是为了他们!

她用惨痛的代价赎出了
自己所有的不解的疑问……
她曾经痛苦过,也曾经爱过——
而天国给爱情敞开了大门!"

  天使用自己严厉的目光
向诱惑者狠狠地瞪了一眼,
然后快乐地扇动他的翅膀
沉没到天空的光辉里边。
失败了的恶魔只好诅咒着
自己的那些狂乱的幻想,
傲慢、孤独的他在宇宙间
又孑然一身,没有期望,
也没有爱情,同已往一样!……

    *   *   *

  在那峻峭的高山的斜坡上,
在可伊沙乌尔山谷的上空,
直到而今还孤独地耸立着
一座古老的锯齿形的山城。
关于它还流传着许许多多
孩子们害怕的故事和传说……
一座沉默无言的纪念碑,
那些神奇日子的见证者,
在树丛中幽灵似的矗立着。
在下边散布着一座座的山村,

大地开着花,闪出碧绿的颜色;
人声混成的不协调的声音
慢慢消逝了,一队队的商旅
从远处摇响着驼铃走来,
而河流闪耀着,泛起了浪花,
从弥漫的云雾里倾泻下来。
大自然像一个淘气的孩子,
在恶作剧地尽情地玩弄
山谷中的清荫、太阳、春天,
还有那永远年轻的生命。

　　但是这座多少年以来
破落的山寨却是悲哀而阴沉,
正如亲友们都已经亡故了
而自己独存的可怜的老人。
它那些不可见的居住者
只在等待着月亮的上升:
他们在向各方飞舞、奔跑,
那才是他们的自由和欢欣!
白头的蜘蛛,新来的隐居者,
在编织着它那蛛网的经线;
一大群长尾的绿色的蜥蜴
正在屋顶上快乐地奔窜;
而一条小心翼翼的长蛇
爬出了它那黑暗的隙洞,
爬上古老的台阶的石板,

有时盘成了三重的环形，
有时长带般横卧在那里，
像一支被遗弃在古战场上、
倒下的英雄不再需要的
精钢短剑，在闪闪地发光！……
一切都是荒野的；不管哪里
都已经没有了往昔的痕迹：
时代的手在不倦地、长久地
扫除着，不再使人们忆起
古达尔王公的光荣的姓名，
和他那美丽的女儿的事迹！

　　但是这座礼拜堂，在掩埋着
他们尸骨的那陡峻的峰巅，
还在被神圣的威力佑护着，
而今从云层间还可以望见。
而在它的大门口，高高的
黑色的花岗岩还在守卫着，
它们都披上了白雪的斗篷；
而在它们的胸前闪耀着的
不是铠甲，是永恒的冰凌。
睡意沉沉的一堆堆的积雪
从山坳里塌下来，好像瀑布，
突然又皱眉蹙额地高悬在
四近的山岩上，被严寒捕住，
而暴风雪在那里来往巡逻，

从白头的高墙上吹拂着飞尘,
时而唱着那唱不完的歌,
时而又向着守卫者呼应;
在远方听到了这座奇异的
寺院的传说,朵朵的彩云
成群结队地从遥远的东方
匆匆地飞到这里来致敬;
但是在这坟墓的墓石上
早已经没有人再来凭临。
阴郁的卡兹贝克的山岩
贪婪地守护着它的捕获品,
而人类无尽的永恒的哀怨
也搅不乱它们永恒的平静。

余 振译

"外国文学名著丛书"书目

第 一 辑

书 名	作 者	译 者
伊索寓言	〔古希腊〕伊索	周作人
源氏物语	〔日〕紫式部	丰子恺
堂吉诃德	〔西班牙〕塞万提斯	杨绛
泰戈尔诗选	〔印度〕泰戈尔	冰心 石真
坎特伯雷故事	〔英〕杰弗雷·乔叟	方重
失乐园	〔英〕约翰·弥尔顿	朱维之
格列佛游记	〔英〕斯威夫特	张健
傲慢与偏见	〔英〕简·奥斯丁	王科一
雪莱抒情诗选	〔英〕雪莱	查良铮
瓦尔登湖	〔美〕亨利·戴维·梭罗	徐迟
欧·亨利短篇小说选	〔美〕欧·亨利	王永年
特利斯当与伊瑟	〔法〕贝迪耶	罗新璋
巨人传	〔法〕拉伯雷	鲍文蔚
忏悔录	〔法〕卢梭	范希衡 等
欧也妮·葛朗台 高老头	〔法〕巴尔扎克	傅雷
雨果诗选	〔法〕雨果	程曾厚
巴黎圣母院	〔法〕雨果	陈敬容
包法利夫人	〔法〕福楼拜	李健吾
叶甫盖尼·奥涅金	〔俄〕普希金	智量
死魂灵	〔俄〕果戈理	满涛 许庆道

书　名	作　者	译　者
当代英雄	〔俄〕莱蒙托夫	草　婴
猎人笔记	〔俄〕屠格涅夫	丰子恺
白痴	〔俄〕陀思妥耶夫斯基	南　江
列夫·托尔斯泰中短篇小说选	〔俄〕列夫·托尔斯泰	草　婴
怎么办？	〔俄〕车尔尼雪夫斯基	蒋　路
高尔基短篇小说选	〔苏联〕高尔基	巴　金　等
浮士德	〔德〕歌德	绿　原
易卜生戏剧四种	〔挪〕易卜生	潘家洵
鲵鱼之乱	〔捷〕卡·恰佩克	贝　京
金人	〔匈〕约卡伊·莫尔	柯　青

第　二　辑

荷马史诗·伊利亚特	〔古希腊〕荷马	罗念生　王焕生
荷马史诗·奥德赛	〔古希腊〕荷马	王焕生
十日谈	〔意大利〕薄伽丘	王永年
莎士比亚悲剧五种	〔英〕威廉·莎士比亚	朱生豪
多情客游记	〔英〕劳伦斯·斯特恩	石永礼
唐璜	〔英〕拜伦	查良铮
大卫·科波菲尔	〔英〕查尔斯·狄更斯	庄绎传
简·爱	〔英〕夏洛蒂·勃朗特	吴钧燮
呼啸山庄	〔英〕爱米丽·勃朗特	张　玲　张　扬
德伯家的苔丝	〔英〕托马斯·哈代	张谷若
海浪　达洛维太太	〔英〕弗吉尼亚·吴尔夫	吴钧燮　谷启楠
哈克贝利·费恩历险记	〔美〕马克·吐温	张友松
一位女士的画像	〔美〕亨利·詹姆斯	项星耀
喧哗与骚动	〔美〕威廉·福克纳	李文俊
永别了武器	〔美〕欧内斯特·海明威	于晓红

书　名	作　者	译　者
波斯人信札	〔法〕孟德斯鸠	罗大冈
伏尔泰小说选	〔法〕伏尔泰	傅　雷
红与黑	〔法〕司汤达	张冠尧
幻灭	〔法〕巴尔扎克	傅　雷
莫泊桑中短篇小说选	〔法〕莫泊桑	张英伦
文字生涯	〔法〕让－保尔·萨特	沈志明
局外人　鼠疫	〔法〕加缪	徐和瑾
契诃夫小说选	〔俄〕契诃夫	汝　龙
布宁中短篇小说选	〔俄〕布宁	陈　馥
一个人的遭遇	〔苏联〕肖洛霍夫	草　婴
少年维特的烦恼	〔德〕歌德	杨武能
德国，一个冬天的童话	〔德〕海涅	冯　至
绿衣亨利	〔瑞士〕戈特弗里德·凯勒	田德望
斯特林堡小说戏剧选	〔瑞典〕斯特林堡	李之义
城堡	〔奥地利〕卡夫卡	高年生

第　三　辑

埃斯库罗斯悲剧二种	〔古希腊〕埃斯库罗斯	罗念生
索福克勒斯悲剧二种	〔古希腊〕索福克勒斯	罗念生
欧里庇得斯悲剧二种	〔古希腊〕欧里庇得斯	罗念生
神曲	〔意大利〕但丁	田德望
西班牙流浪汉小说选	〔西班牙〕克维多　等	杨　绛　等
阿拉伯古代诗选	〔阿拉伯〕乌姆鲁勒·盖斯　等	仲跻昆
列王纪选	〔波斯〕菲尔多西	张鸿年
蕾莉与马杰农	〔波斯〕内扎米	卢　永
莎士比亚喜剧五种	〔英〕威廉·莎士比亚	方　平
鲁滨孙飘流记	〔英〕笛福	徐霞村

书　名	作　者	译　者
彭斯诗选	〔英〕彭斯	王佐良
艾凡赫	〔英〕沃尔特·司各特	项星耀
名利场	〔英〕萨克雷	杨　必
人性的枷锁	〔英〕威廉·萨默塞特·毛姆	叶　尊
儿子与情人	〔英〕D. H. 劳伦斯	陈良廷　刘文澜
杰克·伦敦小说选	〔美〕杰克·伦敦	万　紫　等
了不起的盖茨比	〔美〕菲茨杰拉德	姚乃强
木工小史	〔法〕乔治·桑	齐　香
恶之花　巴黎的忧郁	〔法〕波德莱尔	钱春绮
萌芽	〔法〕左拉	黎　柯
前夜　父与子	〔俄〕屠格涅夫	丽　尼　巴　金
卡拉马佐夫兄弟	〔俄〕陀思妥耶夫斯基	耿济之
安娜·卡列宁娜	〔俄〕列夫·托尔斯泰	周　扬　谢素台
茨维塔耶娃诗选	〔俄〕茨维塔耶娃	刘文飞
德国诗选	〔德〕歌德　等	钱春绮
安徒生童话选	〔丹麦〕安徒生	叶君健
外祖母	〔捷〕鲍·聂姆佐娃	吴　琦
好兵帅克历险记	〔捷〕雅·哈谢克	星　灿
我是猫	〔日〕夏目漱石	阎小妹
罗生门	〔日〕芥川龙之介	文洁若

第　四　辑

一千零一夜		纳　训
培根随笔集	〔英〕培根	曹明伦
拜伦诗选	〔英〕拜伦	查良铮
黑暗的心　吉姆爷	〔英〕约瑟夫·康拉德	黄雨石　熊　蕾
福尔赛世家	〔英〕高尔斯华绥	周煦良

书 名	作 者	译 者
月亮与六便士	〔英〕威廉·萨默塞特·毛姆	谷启楠
萧伯纳戏剧三种	〔爱尔兰〕萧伯纳	潘家洵 等
红字 七个尖角顶的宅第	〔美〕纳撒尼尔·霍桑	胡允桓
汤姆叔叔的小屋	〔美〕斯陀夫人	王家湘
白鲸	〔美〕赫尔曼·梅尔维尔	成 时
马克·吐温中短篇小说选	〔美〕马克·吐温	叶冬心
老人与海	〔美〕欧内斯特·海明威	陈良廷 等
愤怒的葡萄	〔美〕斯坦贝克	胡仲持
蒙田随笔集	〔法〕蒙田	梁宗岱 黄建华
悲惨世界	〔法〕雨果	李 丹 方 于
九三年	〔法〕雨果	郑永慧
梅里美中短篇小说选	〔法〕梅里美	张冠尧
情感教育	〔法〕福楼拜	王文融
茶花女	〔法〕小仲马	王振孙
都德小说选	〔法〕都德	刘 方 陆秉慧
一生	〔法〕莫泊桑	盛澄华
普希金诗选	〔俄〕普希金	高 莽 等
莱蒙托夫诗选	〔俄〕莱蒙托夫	余 振 顾蕴璞
罗亭 贵族之家	〔俄〕屠格涅夫	陆 蠡 丽 尼
日瓦戈医生	〔苏联〕帕斯捷尔纳克	张秉衡
大师和玛格丽特	〔苏联〕布尔加科夫	钱 诚
茨威格中短篇小说选	〔奥地利〕斯·茨威格	张玉书 等
玩偶	〔波兰〕普鲁斯	张振辉
万叶集精选	〔日〕大伴家持	钱稻孙
人间失格	〔日〕太宰治	魏大海

5

第 五 辑

书　名	作　者	译　者
泪与笑　先知	〔黎巴嫩〕纪伯伦	冰　心　等
华兹华斯 柯尔律治 诗选	〔英〕华兹华斯 柯尔律治	杨德豫
济慈诗选	〔英〕约翰·济慈	屠　岸
汤姆·索亚历险记	〔美〕马克·吐温	张友松
大街	〔美〕辛克莱·路易斯	潘庆舲
田园三部曲	〔法〕乔治·桑	罗　旭　等
金钱	〔法〕左拉	金满成
果戈理小说戏剧选	〔俄〕果戈理	满　涛
奥勃洛莫夫	〔俄〕冈察洛夫	陈　馥
谁在俄罗斯能过好日子	〔俄〕涅克拉索夫	飞　白
亚·奥斯特洛夫斯基戏剧六种	〔俄〕亚·奥斯特洛夫斯基	姜椿芳　等
复活	〔俄〕列夫·托尔斯泰	草　婴
静静的顿河	〔苏联〕肖洛霍夫	金　人
谢甫琴科诗选	〔乌克兰〕谢甫琴科	戈宝权　任溶溶
维廉·麦斯特的学习时代	〔德〕歌德	冯　至　姚可崑
叔本华随笔集	〔德〕叔本华	绿　原
艾菲·布里斯特	〔德〕台奥多尔·冯塔纳	韩世钟
豪普特曼戏剧三种	〔德〕豪普特曼	章鹏高　等
铁皮鼓	〔德〕君特·格拉斯	胡其鼎
加西亚·洛尔卡诗选	〔西班牙〕加西亚·洛尔卡	赵振江
你往何处去	〔波兰〕亨利克·显克维奇	张振辉
显克维奇中短篇小说选	〔波兰〕亨利克·显克维奇	林洪亮
裴多菲诗选	〔匈〕裴多菲	孙　用
轭下	〔保〕伐佐夫	施蛰存

书　名	作　者	译　者
卡勒瓦拉(上下)	〔芬兰〕埃利亚斯·隆洛德	孙　用
破戒	〔日〕岛崎藤村	陈德文
戈拉	〔印度〕泰戈尔	刘寿康